浅墨素笺内蒙古

# 等花开

高雁萍 著



内蒙古人民出版社

图书在版编目(CIP)数据

等花开 / 高雁萍著. -- 呼和浩特 : 内蒙古人民出版社,
2025.5
(浅墨素笺内蒙古)
ISBN 978-7-204-17399-0

Ⅰ. ①等… Ⅱ. ①高… Ⅲ. ①散文集-中国-当代
Ⅳ. ①I267

中国国家版本馆 CIP 数据核字(2023)第 012049 号

浅墨素笺内蒙古
等花开

作　　者　高雁萍
策　　划　张桂梅
责任编辑　张桂梅　王丽燕
封面设计　琥珀视觉
出版发行　内蒙古人民出版社
地　　址　呼和浩特市新城区中山东路 8 号波士名人国际 B 座 5 楼
网　　址　http://www.impph.cn
印　　刷　内蒙古爱信达教育印务有限责任公司
开　　本　890mm×1240mm　1/32
印　　张　8.625
字　　数　190 千
版　　次　2025 年 5 月第 1 版
印　　次　2025 年 5 月第 1 次印刷
书　　号　ISBN 978-7-204-17399-0
定　　价　36.00 元

# 自　序

世间万物，皆有其美，我们需要一双会看且看得见的眼睛。

闲暇时奔赴大自然，去看花看草，看水看山。也可以去乡村走走，去公园逛逛，因为有诗的地方，不一定都在远方。

我喜欢过简单的日子，不争名，不夺利；喜欢用文字描摹万物之美，记录生活琐碎。

春醒雁北归，夏至百花艳，秋来五谷盛，冬临雪满天。四季轮回中，人与人，人与自然，抑或其他，都有数不清的美好遇见，所以我写了等花开、等雨来，写了湖边柳、落日红，写了绿豆、玉米、雪的样子，写了天空和云彩，写了难忘的恩师，写了交警、火焰蓝。

人活在世上，既然没有长生不老的可能，就该把有生之年过得精彩些、乐呵些。

我家阳台窗户正对着一根电线杆，杆子两侧是并行延伸的几股电线，电线是各种鸟飞来窗前停留时唯一的落脚地。冬天，躺在阳光里看书，窗外有清脆的鸟鸣，窗里，我揣测每一只鸟的心思。这是多么惬意的生活。

我把春天比作一张宣纸，“这张宣纸又大又好，无边无际，每个人都可以在上边儿纵情恣肆、翰墨淋漓。写意的、工笔的、水粉的、油彩的，画吧，美的、艳的、静的、动的，随心所欲去画吧，因为春天是我们大家的”。

人生不能缺少回忆。爷爷盘腿坐在炕上喝酒，姥爷戴着花镜给左邻右舍写春联，姥姥摇着蒲扇在护城河边乘凉，妈妈在十五瓦的光亮里熬夜纳鞋底，我们在没有电视、手机的童年仰头看星星、看月亮……这些温馨的场面，都再现于我的笔端。

虽然生活在快节奏的城市里，我却没有淡忘每一个如约而至的节气。“从古到今，吃春饼被形象地称为‘咬春’。传说，在立春日吃了卷有各种蔬菜肉蛋的春饼，农家便会禾苗茁壮，六畜兴旺，人寿年丰。更有人别出心裁，在春饼中卷入芹菜和韭菜，预示人生的勤(芹)劳和生命的长久(韭)。”“在中华传统文化里，有惊蛰吃梨的讲究。这讲究由来已久，但因由何在没有留下确切的文字记载，一种让人欣然接受的观点，大概是因为‘梨’和‘犁’的谐音，吃梨意在提醒人们，惊蛰一过万物复苏，犁田种地已是当务之急。还有就是‘梨’和‘离’同样谐音，民俗爱好者便附会，惊蛰日吃梨即与正在复苏的各种病菌和害虫就此别离，以图四季平安，禾谷茂盛，人寿年丰。”

我曾在阳台上种过一株红玉米。浇水,施肥,授粉;几个月后,虽然只收获了区区八粒,却依然无比欢喜,因为我种的是怀念。

人生有三乐:一为自得其乐,二为助人为乐,三为知足常乐。

感恩自然,感恩生活,感恩总能发现美好的自己。

是为序。

# 目 录

# 窗外鸟鸣声

阳台窗户正对着一根电线杆，杆子两侧是并行延伸的几股电线，电线是各种鸟飞来窗前唯一的落脚地。

冬天，我躺在阳光里看书，总希望窗外伴有清脆的鸟鸣。可鸟大概和我一样，正在某个地方晒太阳，抑或为填饱肚子而忙着到处觅食，根本没有闲心唱，更没有用唱讨我欢心的必要。

鸟和我一样，在乎季节。比如万物萌生、天朗雨润的春天。

有谁不爱春天吗？为了这个季节早点儿到来，我甚至把本该扔掉的一个白菜根泡到青花瓷碗里，想早早养出一碗春色，好引来悦耳的鸟鸣声。

今年的春雪一场接一场，白茫茫覆盖着白茫茫。鸟为了觅食，不知都飞到哪里去了，似乎我越盼得心切，鸟越躲得无踪。我想，等青花瓷碗里的菜根长出嫩绿的花薹，再开出一簇簇鲜亮的小黄花时，雪也该被东风吹化，天气也会越来越暖和，喜鹊和麻雀呢，又该站在窗外的电线上，像小孩儿吵架，像情侣斗嘴，更像是因为意见不合而激烈争论的朋友。

站在电线上的那些大鸟小鸟总是不停地飞起落下，再飞起落下。有时是飞到几十米开外，绕个圈儿，又一头飞回来，继续叽叽喳喳。每次在窗前看鸟，我几乎都能把自己看成一个木偶人。我就那么一动不动地站着，不敢动，生怕一挪脚，把窗外的鸟给惊跑了。

我的愿望，终于实现在惊蛰过后的一个早晨，也就是青花瓷碗里那菜根开出头一朵黄花时。我做梦做到关键一刻，忽然莫名其妙地惊醒，发现是被窗外忽高忽低、忽紧忽慢的鸟叫声给叫醒了。不花一分钱，足也不用出户，更懒得去摸枕边书，就躺着，躺在穿透浅色窗帘渗进来的暖洋洋的阳光里，听鸟鸣，也猜测每一只鸟的心思。我睡了一个冬天的懒觉，到此也就结束了。

每天清晨窗外那鸟鸣，不是一帮麻雀的琐碎叽喳，就是一群喜鹊撞到窗玻璃上又反弹回喙边的大嗓门儿，但我不挑剔，两种都喜欢。在鸟鸣声里想想我家老院子里的那些树，想想把那些树当成驿站的那些鸟，我觉得自己在精神上，原来比现在要富有得多。曾经与树朝夕相处，与鸟朝夕相处，与屋檐下燕子一家朝夕相处，那是多么惬意的生活。我弟弟就告诉过我，说他某天在院子里一伸手，竟然抓住一只低飞的燕子。那后来呢？当然是放了！说这话的时候，弟弟还没上小学，至于他是不是真的抓到过一只燕子，原本就不是一个重要问题。

我家老院子很大，是村里独一无二没有在院子里到处“种”房的人家。我爸很讲究生活情趣和生活质量，他像不稀罕租房客的杂乱一样，不喜欢他们的房租，却稀罕不顶吃也不顶喝的鸟语花香，所以就种树、种草、种花，把个院子种得像公园一样。很多鸟被吸引来了。除上面提到的麻雀、燕子、喜鹊，还有青红雀、布谷鸟、十二红，和很多我叫不上名儿的鸟。也来过绿鹦鹉和黄鹦鹉，我爸说，一定是从别人家鸟笼里逃跑出来的。冬天下雪时，我们在院子里扫出一块空地，撒些人不吃的米或高粱，等鸟来吃。鸟吃饱了，就飞到树枝上去整理羽毛，并高高兴兴鸣叫一番。

老院子要拆没拆那几年，啄木鸟经常飞来，站在高高的树干上，不停地敲梆子，给树治虫病。如今呢，老院子已被编码为 17 号的高楼替代，那些鸟和树也不知去向了。幸好我现在的居所窗外有根电线杆子，那可是鸟飞来窗前唯一的落脚地。

## 立春与春饼

二十四节气中，由于立春位列第一，便理所当然地成为新一年开始的标志。也正因如此，古代帝王都会在这一天主持举行隆重的祭祀活动，以求四季风调雨顺，国泰民安。

拆开看“立”“春”二字，包含两个意思，“立”表示开始，“春”代表季节，立春连在一起，就是春天从这里开始之意。

其实，节气立春之于塞北，只是一个绿色消息，离春风送暖、百草发芽，还有相当长的一段距离。从气候学上来说，立春也仅仅是春天的前奏，是在向我们报告春天已姗姗上路，且行且慢，边走边清点草木的花名，叫醒深山里酣睡的古松、古柏，同时让冰雪做好融化的准备。

立春，是一个明亮的字眼，也是一个充满生机和希望的字眼。

农谚说，“吃了立春饭，一天暖一天”。立春后的塞北确也如此，只是虽到了春分时节，但不过清明，人和草木依然无法摆脱“倒春寒”的反复纠缠。记得有一年蝴蝶都来了，果树也开花儿了，可天气忽然变得奇冷无比，满树花容尽失，无法坐果。人也一样，乍暖还寒，脱掉的厚衣服都来不及再穿上，就被冻感冒了。这苦头我年轻时没少吃。那时候爱美呀，一看泼到院子里的水都不冻冰了，三下五除二，脱掉棉衣，穿上俏丽春装。岂料“打春冻人不冻水”，春风更是入骨三分，又缩脖子又袖手，几个喷嚏打过，头重脚轻，发烧咳嗽，吃不下也睡不着，连睁眼的力气都没有了。

一年之计在于春。没有辛苦的春种，哪来丰厚的冬藏！人生亦如此。倘若自我省略掉年轻时的努力与奋斗，也就无法享受后来的成功、喜悦和荣耀。

多少年来，立春日吃春饼，是一件甚为隆重的事情。从古到今，吃春饼被形象地称为“咬春”。传说，在立春日吃了卷有各种蔬菜肉蛋的春饼，农家便会禾苗茁壮，六畜兴旺，人寿年丰。更有人别出心裁，在春饼中卷入芹菜和韭菜，预示人生的勤（芹）劳和生命的长久（韭）。

吃春饼最主要的是烙荷叶饼。面要用温水和，不能太硬，也不能太软，全凭经验拿捏。面和好，饧好，搓成一长条，揪出一个一个大小适中的剂子，压扁，俩为一对儿，中间抹上油，擀薄，中火烙制，趁热揭开，盖好备用。至于里面的卷料，除必不可少的甜面酱和葱丝外，其他因个人喜好而定，可荤可素，也可荤素搭配。老北京比较喜欢用韭黄、豆芽、菠菜、粉丝等一起下锅炒成合菜，再配以酱肉、鸡丝、摊鸡蛋之类。我家的春饼有点儿与众不同。这不同，在于一碗打过蒸锅的烧猪肉，也就是土默川特有的扒肉条。

每年立春日，一大家子十几口人围坐在桌边，把薄薄的荷叶饼摊放在盘子里，抹一点儿甜面酱，从油汤里捞一大片儿醇香红润的烧猪肉，依次再放葱丝、土豆丝、炒豆芽、炒鸡蛋、豆腐丝等一切可卷之物，卷起来就是整个春天。

吃卷饼最好一只手用筷子夹住卷饼的下端，另一只手捏着饼的上端，身体微微前倾，咬一口，嘴角便溢出油汪汪的酱汁。开饭前沏一壶滚烫的砖茶水，边吃边喝，解腻又助消化。吃春饼还有个讲究，就是要从头吃到尾，这叫“有头有尾”，切不可为了收留从卷饼下面漏出去的汤汁而仰起脖子倒着吃，一来吃相不雅，再者，抵消了“有头有尾”的美好寓意。

据说在古代，不但民间流行吃春饼，就连堂堂皇宫，也会把春饼在立春日或前一天连同美好的愿望赐给众多近臣，以讨朝野繁荣、国运亨通的大彩头。

立春年年一次，如今春饼却随时可吃，生活就这么惬意！

## 春醒雁归来

塞北的三月底，虽然高大挺拔直指天空的杨树上还不见一片叶子，但被春雨、春雪洗刷过的树干和枝丫已经泛起绿意，缀在上面的那些芽苞，较上个礼拜又变长变胖不说，还摆出阳光一晒，随时炸裂出一树“毛毛虫”的架势。公园里，湖边垂挂在老树干上的柳条也一样，被春风越吹越柔软婀娜，似乎转眼就会变成飘来荡去的绿丝绦。

我坐在湖边春风吹拂的阳光里，看几个上了点儿年纪的人踢毽子。他们围成一个圆圈儿，共同踢一只白色的毽子，声音砰砰响，很给人力量。我小时候也踢毽子。那是冬天，几个女孩儿聚在一起，一只用公鸡尾巴上那漂亮长毛做成的毛毽，拐、打、奔、套，变着花样踢。这也算个力气活，一踢一身汗，有时还累得气喘吁吁，鼻涕流出来都顾不上擦。我这一走神，没注意他们当中哪一个，许是用劲儿太大，一脚踢出去，鸡毛满天飞。不过没事，他们放在板凳上的书包里有备用品，也就半分钟，一个新毽子又被欢快地踢得飞来飞去。

见我看得专注，一位大姐就招呼我和他们一块儿踢。我说我还是看吧，怕踢不好搅和大家的心情。大姐说那你明儿早上来，有小毽子，你先踢小的，练得差不多再加入进来，和我们一块儿过这轻松自在的退休生活。

离这儿不远的桥那边，零星的小树围着一块儿没有硬化的土地，抖空竹的老人都聚在那里。碗大的空竹在一根长线上，跟走钢丝似的，被主人手里两根小棍儿摆布得时高时低、时左时右，偶尔还会飞起又落下。空竹抖起来，发出的声音嗡嗡嘤嘤，一会儿响成直线，一会儿响成抛物线，环绕而来又环绕而去，简直是在给春天伴奏。

忽然，我听到了大雁嘎——嘎——嘎——的鸣叫，以为是幻觉，一抬头，果真有雁阵由远而近。

哦，地上春苏醒，空中雁归来，多么诗情画意的场景啊！

我的名字里有个“雁”，所以对雁有着不同于其他鸟类的特殊情感。

大雁是候鸟，每年春分后由南方飞来北方繁殖，秋分后再由北方飞回南方越冬。雁群飞行时队形非常整齐，总是由有经验的老雁当队长，飞在队伍的最前面；时而“人”字形，时而“一”字形，年复一年，像空中旅行家一样，浩浩荡荡，随季节更替往返于南北两地。

头顶的雁群没有一飞而过，嘎——嘎——嘎——边鸣叫边在公园附近盘旋，像是在等待落伍的同伴，也像是飞累了互相打气鼓劲。这样很长一段时间后，雁群才在我的注视中，鸣叫着朝东北方向飞去。

等着吧，用不了几天，塞北的花开了，树绿了，这些远飞的大雁也该到家了。

## 春天是一张宣纸

这张宣纸又大又好，无边无际，每个人都可以在上边儿纵情恣肆、翰墨淋漓。写意的、工笔的、水粉的、油彩的，画吧，美的、艳的、静的、动的，随心所欲去画吧，因为春天是我们大家的。

画吧，天是蓝的，云是白的，草的绿是由浅到深的，花的紫是浓淡相宜的，月亮的明是水晶的，太阳的红是闪着光的。

闪着光的太阳温暖了春天，也让热爱春天的人们有了画画儿的激情和冲动，有了要表达的愿望。

在春天这张宣纸上，小区里拴着气球的童车是画儿，路边儿围成圈儿下棋、打扑克的老人是画儿，公园儿里唱歌、跳舞、练剑、甩大鞭的男女是画儿，三轮车上新鲜的韭菜、萝卜、葱是画儿，天上五颜六色的风筝是画儿，绿灯走红灯停的人流车流是画儿，一只猫卧在店家腿上打呼噜是画儿，一群年轻人流着汗在操场上踢足球也是画儿。飞来飞去的鸟就更不用说了，那是在宣纸上自由飞翔的画儿。

我说风是一支画笔。看不见握在谁的手中，却画得那样娴熟，那样胸有成竹，从烟雨江南，一直画到苍茫北地。又是哪个冒失鬼，一脚踩翻了春天的颜料盒，泼洒出大片大片菜花黄，惹得蜜蜂忙个不停。还有喜鹊，那是春天里的黑白精灵。它们站在枝头嘎嘎喳喳一唱，包裹了整整一个冬天的梅花的花蕾就芳心摇荡，高兴得憋不住，咧嘴一笑，笑成满树花朵。看花人也跟着笑起来。国人都爱见画有“喜鹊登梅”的画儿，因为梅花是春天的使者，喜鹊呢，象征着好运和福气。把这样的画儿张挂在家里，就如同把春天和祥瑞张挂在家里一样，是足以兆好运的。

春天这张贵重的宣纸，好比一个初生的生命，干净、无邪，要画就得认认真真的，可不能不负责任地在上边儿胡乱涂抹。我们看到，妈妈指引三四岁的小儿把香蕉皮扔到路边的垃圾桶里，少年在帮助学习吃力的同学复习功课，一个中学生闲暇时边洗衣服边和家人聊天儿……这都是画在春天这张宣纸上的最美的图画。

我喜欢这画在宣纸上的春天，左边“天街小雨润如酥，草色遥看近却无”，右边“两个黄鹂鸣翠柳，一行白鹭上青天”，还有“借问酒家何处有？牧童遥指杏花村”，诗意的唯美加景色的唯美，人在其中受了感染，像喝过琼浆佳酿般，不醉也是醉的。

唐朝诗人杜甫有一首歌咏暮春美景的七言诗：“糁径杨花铺白毡，点溪荷叶叠青钱。笋根雉子无人见，沙上凫雏傍母眠。”今天早上我去公园溜达，植有莲花的湖面还都结着厚厚的冰层，就想，湖中的景色如真到了杜诗人描写的这般，春天这张宣纸便只剩留白了。

## 最是寻花问柳时

清明前后，即便还有倒春寒，也挡不住青城花事的开始和渐渐繁密。

呼和浩特可以寻见花踪柳影的地方，实在多得有些数不过来。怎么才能遍看百花而少疏漏？最好的法子，就是跟着花儿走。

农谚说：“春分后，清明前，满山杏花开不完。”其实，这话是说城里的杏花，如乌兰夫公园、满都海公园、青城公园、树木园等处那东三棵西五棵的零散杏树，山上成坡成片的，因为比城里冷的缘故，起码要推迟半月二十天才能陆续开放。青城看杏花的最好去处是乌素图。每年盛花期，那里的摄影师像蜜蜂、蝴蝶一样多，他们不停地在花树间“飞来飞去”。我家那满园的杏花是早已没了指望。算起来，老院子拆掉已十年有余，我到处找着看杏花，也是十年有余。还有开在杏花后面的苹果花、李子花、樱桃花、玫瑰花、芍药花，同样随那院子的消失而消失了。

在呼和浩特，公主府公园是一个看桃花的好去处。每年四月的某一天，那整片桃林的桃花像暗地里偷偷商量过，在某一个晴好天气，忽然就如爆竹一样，噼里啪啦炸开了。蜜蜂寻香而来，看花之人也寻香而来，真是花也锦绣，人也锦绣，张张笑脸更是锦绣。

看桃花和杏花的同时你会发现，与之花期一致的迎春花也无处不在。公园里，校园里，广场上，甚至小区绿化带里，哪里都开着那么一排，黄得叫人眼前发亮，心也跟着发亮。为数不多的玉兰花这时候也开了，虽然没有北京的气势，但总算给了爱花之人一点小小的安慰。至于榆叶梅，不用乱跑，等桃花、杏花、迎春花开过，你直接去满都海公园的梅园就好。那些肉嘟嘟的梅花简直是疯了，几万朵几万朵地开，开得挤成堆，堆在看花的人群里，粉得一塌糊涂，也美得一塌糊涂。

除了梅园，满都海公园也和青城公园一样，同是那问柳的好地方。“碧玉妆成一树高，万条垂下绿丝绦。”坐在湖边的石头上，看天空云动风转，看水里柳丝摇曳生姿，缱绻出诗意的唐风宋雨，直感叹，这真是一个春意盎然的好时节。

春天随处可见的花里，我最钟爱的该是五年前偶然发现的那一树复瓣樱花。这花在武汉大学铺天盖地自成一景，在呼和浩特却极为罕见，我也只在内师大觅得一树，第二年再去访花，它竟神奇地失踪了。

作为呼市市花的丁香，老资格的大都在内师大、内大、内农大校园里；而老资格里的老资格，你得去将军衙署博物院寻。此外，还有大召广场的暴马丁香，内农大西区的洋槐、紫槐，南湖湿地公园各种叫不上名儿的红花、紫花、白花。玫瑰花最好上大青山前坡，那里的玫瑰树不仅多，而且远离污染，偷偷摘一朵含苞欲放的回来泡花茶，绝对能泡出山野和阳光的味道。

宋人吴惟信的《苏堤清明即事》写道：“梨花风起正清明，游子寻春半出城。日暮笙歌收拾去，万株杨柳属流莺。”趁春光无限，还有那无须撑伞的一霎清明雨，邀三两好友去踏青，为的是不负春天，且不误花香柳韵。

# 桃李湖畔

有时，我会去桃李湖畔乘凉；有时，也会边乘凉边看书。图书馆恰好就在桃李湖畔，坐拥清幽的水色和绿荫，这真是绝妙的安排。

看书时，我几乎顾不上去操心其他事情，比如正在喂鱼的孩子们，比如正在怄着气的一对儿情侣，还有其他的人和其他的事儿。我顾不上他们，是因为他们都比我年轻，比我有更多可以用来“耽误”的时间。我已经是一个不折不扣的中年人，已经没有了浪费时间的资格。

也许绝非偶然，当然也不是做梦，很现实的，那个秋天，内蒙古大学真就成了我这个四十多岁女人的母校。也是从那个时候开始，我发誓，我学习的三年里一定要精神十足、信心百倍，即使读不够万卷书，也争取多学一点，并且一定要做个好学生。

课余时间，我总喜欢在图书馆高大的书架间慢慢走动，像喜欢珠宝的女人在为自己精心挑选心爱之物那样，挑选出一本本喜欢的书籍。有时，我也会牺牲午休时间，从食堂出来直奔图书馆，泡一杯菊花茶或薄荷茶，混入年轻人当中，坐在宽敞的阅览室里，看王小波的《似水流年》，看徐刚的《风沙漫笔》，看刘震云的《一地鸡毛》，也看《金瓶梅词话》和《中国佛教文化》，也看《双城记》《废都》《中年》《大西北》……

因为图书馆的缘故，我熟悉了桃李湖的春夏秋冬。三月，虽然冰雪未消，但桃李湖畔早已是春风剪剪、暖阳艳艳。又过了没多少日子，湖边那些柳树便“万条垂下绿丝绦”了。接着，湖心岛上的桃花或者榆叶梅也开了，直开到人心都变得粉嘟嘟的。到了丁香花也一树一树绽放，又有细雨霏霏，我便不由自主地感伤起来，感伤于戴望舒的《雨巷》，感伤其中那个结着愁怨的丁香姑娘。丁香花盛开的时候，不只是桃李湖畔，整个校园简直就变成一个香罐子。这个香里头，有花香，有书香，更有心香。

夏天里最热的那段时间，图书馆里的书桌前，坐着的人稀稀拉拉，但空位置却没几个，都有水杯和书本在“值班”，它们的主人，差不多都到桃李湖畔享受清凉去了。后来，当我们结束假期生活重返校园，校园里的夏草已开始衰败，秋花正在怒放，树却停止了生长。早晚的寒凉和中午的酷热，让桃李湖畔来来去去的人们，拿不准这个季节要怎样穿衣服才最合适。

我特别喜欢冬天的雪落在桃李湖冰面上时，发出的那种舒服的沙沙声。那个声音，让雪雾中的桃李湖畔显得更加安静，也因此营造出一种最易于读书的氛围。

时间过得真快，三年当中，每一次去图书馆借书、还书、看书，我都要用眼神，与桃李湖泛起的波光，或水中的一尾鱼、雪地上的一片落叶默默交流，但桃李湖畔却始终留不住我的一些东西，哪怕是一个脚印。

# 荷 塘

青城公园的荷塘我虽非日日走过，但每年从春天的小荷才露尖尖角，一直到秋末冬初残荷满目，我的身影总是多次出现在那片说大不大、说小不小的荷塘边。

想来，我对荷塘有感情，完全始于中学时所学的《荷塘月色》。这是著名文学家朱自清先生在清华大学任教时写下的一篇散文，描写了清华园内月光里的荷塘之美。

真正喜欢这篇文章以及文章所写之荷塘，却是因为我高中时的语文老师赵宝峰先生。赵老师不是呼和浩特本地人，普通话带有浓浓的外地口音，但究竟属于哪里，我并不清楚。虽然老师说话时嘴张得不是很大，但声音坐在最后一排的同学也能听到。老师讲课认真又严谨，对学生要求也高，背课文和写日记根本不容谁偷懒，也绝不吝啬表扬他的学生。老师的书法功底也很深厚，我至今清晰地记着他把一整张宣纸垂直吊在黑板前，凝神运笔写下一个繁体字“飞”的情景。我曾跟一位年轻书法家说过，要送我字，就写我老师当年写的繁体字“飞”，他答应得很痛快，但都过去好几年了，这个“飞”字也没“飞”到我手里。

上《荷塘月色》一课时，赵老师出乎意料，带到课堂上一个当时还是稀罕物的小录音机，放出的是男子配乐朗诵的《荷塘月色》。教室里安静极了，所有人都被那朗诵，或者说被作者铺陈在字里行间的荷塘之美给吸引了、陶醉了。这也是一篇需要全篇背诵的课文。时至今日，不管在哪里，只要看见荷花荷塘，我就会在心里默默背上几句。因为赵老师教学有方，我对语文的兴趣越来越浓，我的作家梦，也是源于那个时候。

与呼和浩特不同，北京历来处处见荷塘。一九八三年秋天，我从内蒙古驻京办所在地崇文门一处地方坐公交车去往南苑，沿途就有很多荷塘，现在想，那肯定是为了生产人们生活所需的莲子、莲藕及莲叶，绝不是为了赏花才大面积种植的。后来查阅资料，不仅证实了我的想法，同时也明白，荷花也叫莲花，却有别于睡莲，其栽培品种虽然有很多，但依用途不同，可分为藕莲、子莲和花莲三大类；我们在各地公园里看到的颜色深深浅浅的荷花，一定是花莲无疑。

北京的荷花，尤以北海公园和圆明园遗址为甚。前年陪女儿在北京学习，为看荷花，我顶着伏天的高温，一连去了三次北海公园，仍感意犹未尽。

与呼和浩特相比，北海公园的荷花之美，除了地域和气候差，还源于品种的不同。那里栽种的白洋淀红莲和太空莲同属大型莲，其叶风韵儒雅又亭亭高大，其花雍容华贵又清丽脱俗，特别是清晨或傍晚，微风徐徐，岸柳摇曳，和着凉亭里阵阵手风琴悠扬的乐声，面对荷塘，那些赞美荷花的诗句便如泉水般汩汩而出。最著名的要数宋人杨万里的“接天莲叶无穷碧，映日荷花别样红”，还有李清照的“兴尽晚回舟，误入藕花深处”，王维的“当轩对尊酒，四面芙蓉开”，欧阳修的“荷花开后西湖好，载酒来时。不用旌旗，前后红幢绿盖随”，李白的“若耶溪傍采莲女，笑隔荷花共人语”等。到底是荷花因诗而更美，还是诗因荷花更醉人？无疑是彼此附丽的。

圆明园遗址荷塘最显著的特点应该是大，而且一个连一个。漫步其间，总让人有种彻底被荷花、荷叶、荷风、荷香包围起来的感觉。较之北海公园的荷花，圆明园遗址的色彩要更为丰富，吸引的摄影爱好者也就更多些。在光线好的时候，他们举着“长枪短炮”，拍蜻蜓落在尖尖的花蕾顶端，拍麻雀站在盛开的花心里，拍一朵荷花藏在荷叶下的羞涩，拍清风徐来那满塘的摇曳婀娜，就连被急雨打成的残花，在摄影师的镜头里，同样是一种美。

荷花被誉为“花中君子”，既有出淤泥而不染的高尚品质，又代表圣洁、清廉与吉祥，自古与佛教有着深厚的渊源。每每看见盛开的荷花，看见正月十五花灯会上的荷花灯，人们总会想到莲花座上那慈眉善目的佛或菩萨，内心随之变得异常宁静。

炎炎夏日，满塘荷花除了默默奉献花与叶的无限美好，也孕育着舌尖上的美味。我不善烹饪莲藕，也煮不了荷叶粥，却能料理一手好莲子。曾经端上桌待客的白玉无瑕的冰糖莲子羹，混合了红枣的红白分明的红枣莲子羹，镶嵌在金黄色枇杷中间的枇杷莲子粥，哪一种，都让吃的人赏心悦目、回味无穷。

此时已是秋天，连日来一场雨接着一场雨，青城公园里的荷塘又该是怎样一番景象呢？

# 蛙　鸣

早先，我姥姥家的房子盖在绥远城南门外吊桥东边儿，一九五九年那场让新旧两城刻骨铭心的大洪水，曾经冲走姥姥家半个院子。我爸和我妈结婚后，我爷爷在护城河边另择一地，给姥姥家盖起比旧房宽敞很多的大正房。我的童年，就是在那里度过的。

改革开放前的南护城河一带非常美。小桥，流水，炊烟，人家，如巨幅丹青，横在大地之上。夏天，护城河潺湲着诗一般的流水，河流两岸的小草绿得像抹上油一般。河里的水清澈见底，蓝天白云倒映其中，看久了会产生一种错觉，以为自己是被一上一下两个天夹在中间，马上就要踩踏水面，跌落到脚下那个无底的天空里面去。

河流不仅是孩子们的乐园，也是小蝌蚪的天堂。当岸边星星点点的黄花连成片，当蝴蝶翩跹出斑斓的景色，当随意生长的柳树在风中摇曳出片片绿荫，小蝌蚪出现了。

可爱的小蝌蚪用不着跟妈妈，整天自由自在，就像往瓶子里捉拿它们的那些小孩儿，玩儿着玩儿着，就长大了。谁都知道，长大的蝌蚪会变成小青蛙，并登陆上岸。青城多见的并不是青蛙，北方人把它们叫作蛤蟆、癞蛤蟆、疥蛤蟆。

不喜欢蛤蟆，并不等于不喜欢蛙鸣。蛙鸣是天籁，尤其夜深人静时，坐在燃了熏蚊草的河边，躺在凉爽的草滩上，那远远近近的蛙鸣齐聚耳畔。这里呱呱呱，那里嘎嘎嘎，或者是漫不经心的咕——呱、咕——呱，像很多人在一块儿聊天，你一句，他一句，此起彼伏。我总感觉回声悠远的蛙鸣，其实是蛙们之间一场接一场重要或不重要的辩论，有时候是关于天气，有时候是关于地盘儿，有时候也关于爱情。

世界上的蛙多种多样，最原始的出现在距今两亿多年前的三叠纪早期，而拥有跳跃动作的青蛙，则出现在后来的侏罗纪时期。既然蛙多种多样，蛙鸣也应该多种多样，就像人的口音多种多样。如果把一条河流里的蛙鸣比作歌声，仔细分辨，是有独唱、对唱、领唱、合唱、二重唱等区别的。

夏日的某一个傍晚，恰好雨过天晴，我和同在姥姥家度暑假的表弟表妹们决定，要在这最好的时刻，去屋后的河边看蛙鸣。

我没有说错，是看，不是听。

听蛙鸣，只是一场听觉盛宴；看蛙鸣就不同了，好比在音乐会现场，那是视觉和听觉的双重享受。在很耐心、很安静的等待后，一只蛙认为世界很安全，率先跳出来，咽喉处鼓胀起一个白白的大气泡，呱——的一声，就开场了。应答随之而来，三声五声，七声八声，直至众蛙随声附和，一个大气泡，又一个大气泡，彼消此起不间断的大气泡，咕咕呱，咕咕呱，形成多声部的大合唱，向护城河上下游扩散而去。

听蛙鸣已经成为奢侈的今天，我为什么会忽然想到蛙鸣？这还得从一道菜说起。

中午友人请吃饭，一盘菜红白相间、色形俱佳。我夹了块儿白的，刚要入口享用，不知谁说那是田鸡，我就不想吃了。田鸡是青蛙的一种，对于我来说，吃田鸡等同于吃“蛙鸣”。

时间浩荡而过，南门外的石板桥已被柏油马路覆盖，护城河的河水，也带走了两岸曾经的风景与蛙鸣，我呢，只能把这两个字写在纸上，聊表对童年和蛙鸣的怀念。

## 立秋与农谚

生活在快节奏的城市里，人们似乎淡忘了随冷暖而至的那些节气，也淡忘了和每个节气息息相关的农谚。

农谚讲的是农业生产，是农民在长期生产实践中总结出来的经验，其句子精练朴素，内容通俗易懂，读起来像歌谣一样朗朗上口。多数农谚虽为口头流传，却具备了知识性、准确性、科学性和趣味性。

“早立秋，凉飕飕”，不管之前天气热得有多么不近人情，但只要过了立秋的时辰，尤其北方地区，就能明显地感觉到如果一早一晚出门不加衣裳，必定是会吃点儿“凉头”的。但这种凉并不意味着暑热完全褪去，天气就此凉爽，因为农谚说：“立秋早晚凉，中午汗还淌。”“立秋反比大暑热，中午前后似烤火”，这也是千真万确的事情，要不怎么有“秋老虎晒死人”的说法呢。

当然，“秋老虎”的主要职责是晒庄稼，晒果实，不是晒人。人会走，可以躲起来，躲到屋里，躲到树荫凉里，或者躲到任何一个秋阳追不到的地方。庄稼就不同了，它们不用躲，它们站直了身子，挺直了腰板，仰起头，像人享受冲凉一样，享受秋阳火热的炙烤。

“立秋温不降，庄稼长得强。”这是说，只有经过秋阳的曝晒，大豆才能饱满，棉花才能摇铃，山药萝卜才能膨大，谷子葵花才能头沉……辽阔的乡间大地，才能丰收在望。

晒着晒着，一片云彩一股风，老天怎么又下起雨来了？其实这雨用不着发愁，看看下面这些农谚，你就明白这是好雨知时节：“立了秋，哪里有雨哪里收。”“立秋雨淋淋，遍地是黄金。”“立秋有雨丘丘收，立秋无雨人人忧。”

“一场秋雨一场寒，十场秋雨要穿棉。”“立了秋，把扇丢。”这也都是经验之谈和不争的事实。

“立秋前，三四天，白菜下种莫迟延。”记忆中，如果白菜下种错过了立秋前的好时机，那么到了收获季节，就会有很多包不住菜心儿的奓撒子。

念着农谚，再到果园里去转转。

“立秋温度高，果梨灌浆饱。”

“立秋温度高，果子着色好。”

“立了秋，苹果梨子陆续揪。”

随手从树上拽下一个已经被晒出红脸蛋儿的苹果梨，咬一口，没了立秋前的酸涩和柴劲儿，变得又脆又水、又香又甜。

在乡间，农谚也没有忘记那些普通花草，比如“立秋十八日，寸草结籽粒”的说法。我上小学那会儿，有一年暑假就要结束时，大队喇叭里忽然吆喝说队里要收购些秋草，晒干了存起来，冬天给牛马做饲料。我爸把镰刀磨好，我和同学结伴割了草背到设在大队部院子里的收购点儿去卖。过秤的会计看着那一小捆一小捆已经结了籽的水稗子说，这草好，草籽饱得都能磨成面蒸窝窝头了。那年的草一斤两分钱，我一共卖了两块多，全部用来买了新学期的本子和铅笔。

立秋，也改变着人们的生活。秋季养生在饮食起居方面，应该顺应自然界阳气的收敛与沉降，早睡早起，少食或不食辛辣之物。

# 花的时间

五月末，塞北这地方，很多春花已谢幕，正是芍药登台亮相时，我怎能错过。

阳光灿烂的午后。坐上208路公交车，经过母校内蒙古大学南门，经过曾当过一线女工的呼和浩特乳品厂原址，在赋予我无限知识和能量的图书馆下车，不远处，便是满都海公园入口。

这是一个看花的好去处。桃杏梅李，马兰丁香，牡丹芍药，睡莲芙蕖，园子里的这些花儿，何时开，何时谢，无须谁来安排，每一朵都有时间表，绝对误不了，也开不错。比如这芍药绽放的时候，马兰就只剩了些慢性子，稀稀拉拉，三朵五朵，羞答答开在马莲丛里；丁香花呢，已是全然不见了。

顺着将在炎热夏日开满荷花的碧水湖往芍园去，却不承想，先被这一湖的景致吸引了。凭栏而望那一瞬间，觉得水至清而无鱼的说法不妥。眼前，那水里的小鱼儿正成群成队，左右摇摆着细细的尾巴，游过去，又游回来，多得让人眼花缭乱。还有很多肥肥胖胖的蝌蚪，静静歇在阳光照耀的水草上，怕是正做着青蛙梦吧。无忧无虑在水里闲游的，是些黑色小蝌蚪，也许是在找妈妈，也许是在找快乐。忽然游来一条锦鲤，又一条红色小鱼儿，这一衬托，水显得更清了，水草也更鲜绿了，景色也就更美了。我此刻的心情呢，用“陶醉”二字形容最为合适！

一阵风吹来，湖水起了微澜，波动着贴在水面上的那一片片柔弱鲜嫩的荷叶。抬眼看，摇曳于头顶的柳梢，让风有了音乐之美和舞蹈之美。这午后的湖边，没有唱歌的，没有跳舞的，没有来来往往遛弯儿的，安安静静，利利索索，真是一个听风、看景、养心的好地方。

走走停停，溜达到芍园，可就不一样了。人多，花美，这个举着手机拍照，那个在录小视频，欢声笑语不断。小喇叭像个复读机，一声接一声提醒人们，不能像过去那样随便进到花池里去，要文明赏花、文明拍照。这倒也好，丑话说在前头，自我约束，不伤花，也不伤感情。

在中国，有着近五千年栽培史的芍药，被称为“五月花神”，自古就是爱情之花，与国色天香的牡丹不仅长相极为相似，还互为姊妹，独领诗画之风骚；曹雪芹就把芍药种到了《红楼梦》中的大观园里。作为爱花之人，自打这公园里有了芍药园，花开时，我几乎年年都来。曾经，在这姹紫嫣红、风动香飘的花圃前，好运气伴着花香扑面而来，让我从此对这花有了一份特殊的情感。

我正盯着一朵半开的芍药花出神的时候，一对看花情侣，在离我半步远的地方停下来。女孩儿想知道这是什么花，男孩就把手机对准花朵，瞬间得到一个答案：芍药。两人窃窃私语，似乎有点儿不太相信，我便大声告诉他们：“没错，是芍药。”女孩儿惊喜地说：“哦，原来真的是芍药啊！”

很多人分不清芍药和牡丹。其实很简单，首先花期不同，牡丹开在前，芍药开在后，基本是为王的牡丹开败了，为相的芍药才粉墨登场。其次呢，她俩个头不一样。牡丹为木本植物，冬季可见地上枝，累月积年，最高可达两米左右；而芍药是草本植物，年年发新枝，再努力也长不到一米高。还有一个办法，就是看叶子。牡丹的叶子宽大厚实，背面有白粉，芍药的叶子薄而狭长，正反面没有区别，且靠近花朵的上部叶片为单叶。掌握了这三点，看花时就不会认错了。

欣赏过芍药，我移步到对面湖边，那些从温室里移种的夏花，也正开得红一片、紫一片、黄一片，艳丽多彩又妩媚动人。这些花我都见过，但能叫上名儿的，只有石竹、鸢尾、虎头花、金盏菊和矮牵牛。边看边往前走，在有人唱着二人台的凉亭边，我惊喜地发现，那浅水池里的睡莲也开花了。这花我是再熟悉不过的。三十多年前，我在桥靠的老院子里种过两缸，一缸开白花，一缸开紫花，邻居们稀罕，总是过来看了又看。为了让那缸里不显单调，我还从满都海公园湖里捞了些水草泡进去，再后来，里面又养了几条金鱼。每当雨过天晴，缸里的莲叶上总有很多闪闪发亮的水珠，简直就是大珠小珠落玉盘。

这几天，我爸种在小院儿门口的那棵芍药也开花了。有人问不是还有些像山丹花的，咋不见呢，我爸说那是百合，有自己的时间，到了该开的时候，你不想看都不行。确实如此，我那泡在青花瓷碗里的菜根花，就因为过了花期，不管我如何用心侍弄，终是一株株萎靡掉了。

北方也有长盛花，只要有阳光的照耀和水的滋养，一年四季都在开花。这花的名字，叫洋绣球，我妈养了一阳台。

# 随　想

每年三八节来临之际，总会陆续收到很多条祝福短信。那些短信如春风，如绿草，如鲜花，如清泉，如虹霓，更如三月的阳光，让我内心缱绻起无限的感激与感谢。有微信后，我还能隔屏收到数不清的咖啡、玫瑰、蛋糕和拥抱。

同样怀念下岗前的那些三八节。二十世纪八十年代在五四商场当售货员时，虽然没有放假一说，但商店经理会给女工发节日礼物，有真丝领带，有花格子围巾，也有彩条衬衫。辗转调回乳品厂后，同样能收到工会发的节日礼物。现在的信息时代，又享受到了别样的网络温暖与亲切。

忽然想起很多年前，人到中年的我妈在得知当年和她一起考上邮电学校的那个女同学已在外省做了“大官”，便马上开始和我们“声讨”不让她继续念书的我姥姥。

考都考上了，为什么不让念？

你姥姥说闺女家家的，学多了没用，白浪费钱，不如早点儿回来劳动，帮家里挣工分儿。

我妈还说学校连座位都给排好了，她应该在本该属于自己的那把椅子上坐上一坐。

假如当年上了邮电学校呢？

肯定比现在好，说不定也能有个一官半职。

后来，没有上成学的我妈只好回村劳动，并听从家里安排，很快和我爸结婚，一口气生下我们五个孩子，开始了相夫教子且养鸡喂猪、围着锅台转的琐碎生活。

虽然成了家庭妇女，但我妈并没有放弃人生追求。经过努力，她从家庭妇女到民办教师，再到一个称职的财务工作者，直到现在拿着教师证光荣退休，过上了幸福安逸的好生活。

有时和我妈聊天，也会聊到我姥姥。其实她们那一代人更不幸，小小年纪就开始受缠足的痛苦折磨，上学更是妄想。姥姥甚至不知道自己的确切生日，原因是过去重男轻女，又加上穷得不过生日，渐渐就给忘了。条件好了后，姥姥就跟着姥爷一起过生日，八十大寿都是一起过的。

我妈一直对我姥姥不供她上学这件事耿耿于怀，所以希望我们姐妹个个都能考上大学。有一年，我爷爷被村里评为“劳动模范”，奖品是一块儿玫红色绸子被面儿。过年拆洗被褥时，谁都想让我妈把新被面缝到自己的被子上。我妈却说：“先放着，将来谁考上大学，就奖励给谁。”可惜了，那块被面至今还是崭崭新。

历史上，中国了不起的巾帼英雄简直太多了。从中原来到塞外的和平使者王昭君，代父从军的花木兰，以佘太君为首的杨门女将，鉴湖女侠秋瑾，还有不怕死的刘胡兰、杨开慧等。现当代各行各业各领域的女精英，同样让人敬佩。著名女画家潘玉良，从联合国教科文组织总干事松浦晃一郎和欧莱雅总裁欧文中手里接过获奖证书的李方华教授，著名女作家王安忆、铁凝、毕淑敏，不让须眉的刘洋和王亚平都飞上太空了。中国女外交官傅莹更是我们内蒙古的骄傲。

啰唆了这么多，没别的意思，就觉着如今可不像过去，男女实现了平等，女人一样被重视，一样有闯荡世界的自由，只要你足够勤奋刻苦，足够自信自立，同样可以创造出和男人一样的人生价值。我自己很一般，渺小如江河里的一滴水，似天地间的一粒沙，但我同样有梦想，并有实现梦想的勇气和恒心。

又到妇女节，我要送给全天下所有姐妹三个字：当自强！

# 芍药花开

那年，花池里的芍药似乎预感到老房子终是难逃那个“拆”字，便像人一样，仿佛有了心事，竟迟迟不肯开花。

后来开没开呢？玫瑰是开了，丁香也开了，紫槐也开了，芍药和马莲，却被推倒的院墙和西花棚给埋了，埋得连一片叶子都不剩。

我爸开始在城外的新住所培植花草树木。草本的，木本的，藤蔓的，还种了些菜，种了一垄新邻居给的薄荷苗。没想到的是，那薄荷两年就成了霸主，在院墙外头自由发展成几堵开着小紫花的绿墙。可我爸总还惦记着芍药。那两棵从山上移植回来的野生芍药，养着养着，就和人有了感情。我后来真有些后悔，后悔当初本来有足够的时间可把那两棵芍药移植到新家，可当时为什么不呢？

幸好，我们又从城外搬回城里来住，并在一楼小院门口种了一棵芍药花。这次搬家，我爸没忘挖些薄荷根，种在小院儿里头和小院儿外头，因为我们和薄荷也有了感情。

每年春天，薄荷早早就发出芽苗，等芍药也发出芽苗，薄荷已经有八九片叶子，用来泡薄荷水，特别清凉。薄荷最好的吃法，是放在火锅里和羊肉一起涮，味道和口感都不错。

芍药也在一天天长大。天不下雨，我爸又不满意物业浮皮潦草的浇地法，自己从家里拉出一根水管，慢慢儿浇，彻底浇透。

很快就立夏了。大概夜里做了一个梦吧，梦见自己要开花儿了；一高兴，芍药苗上的花骨朵就一个接一个顶了出来。那些花骨朵像变戏法似的，由小变大，由少变多，十几个，二十几个，几十个，没几天，就多得数不清了。有一天，我想弄清楚这棵芍药今年到底能开多少朵花，就哈着腰一个一个数。奇怪的是，每次快要数完的时候，神神秘秘一小股好像带着笑的风，就把我数过的和没数过的花骨朵，吹得凌凌乱乱混在一起。我就跟风妥协了。好吧，不数了，开得越多越好，知道那么清楚也没什么用。

上个礼拜天，院门口的芍药已开出十几朵花，惹得过往之人停下来看，还有给芍药拍照的。站着拍，蹲下照；有单拍一朵花的，有好几朵花一起照的。也许这些花已经上了微信，看过的人会以为是满都海公园的芍药花或和林格尔县南山芍药园里的芍药花呢。这两个地方，芍药开花时我也去看。好是好，品种多，数量多，深深浅浅颜色多，可看来看去，总不如自己门口看着长大的这棵亲。

我也照我家的芍药花，有时还自拍，与花合个影。昨天我又给花照相了。本来是对准一朵开得最大的照，可摁快门儿的一瞬间，你猜咋样，又是一股神神秘秘带着笑的小风，吹得那花脑袋一歪，调皮地躲出了镜头。我当然有办法，用左手托住花，用右手拍照，竟然把自己的手映照出芊芊如玉的样子。手里的花，让我又想起那些曾经开在老院子里的芍药，想起成天躺在花池边荫凉地儿里真睡或者假睡的波斯猫腾格勒。

弟弟说，天黑就走、天亮就回的腾格勒像个游侠，猫心大到不着边际；可房子拆到一半时，起先还跟着我们在残墙断木间走动的腾格勒，就开始情绪低落，不吃不喝，心事重重，再后来，干脆眼不见心不烦，游荡而去。直到我们彻底从废墟上搬离，再没露面。

我想说的是，我们又种了芍药，芍药也年年如期开花，那游侠一样的老猫腾格勒，不知还能不能游荡回来。

## 读书是一件美好的事情

闲时，我宁肯坐着看几页书，也不愿上街瞎转，更不愿和什么闺蜜、知音、好友凑在一块儿吃喝聊天儿胡吹乱侃。人生苦短，除了工作、吃饭、睡觉，一辈子剩余的时间真没多少，实在不该白白浪费。我这样做，不是假装自己有文化，是觉得读书对人来说，的确是一件美好的事情。

读书不仅可以增长各方面的知识，无形中还会给人增添一种气质。这气质很特别，是一种内在的东西，尤其对女性来说，钱买不到，金银珠宝装扮不出，美容化妆不起作用；想拥有，没有别的办法，读书吧。

我和人相处，不看长相，不论男女老幼，更不在乎有钱没钱，就看其和书的亲近程度。但凡爱读书的人，言谈举止间，总给人一种特别舒服的感觉，即便偶尔爆个粗口，也是文明优雅的“粗”。

小区负责清理垃圾的是一个乡下人，大概源于工作性质，极不爱拾掇自己，成天手黑脸黑，身上的衣服好像一年也不洗一回，走起路来总是懒洋洋的，我始终估计不出他到底有多大岁数。但他喜欢读书，且慢言慢语，很少见他发脾气。他读的不是自己的书，是别人和垃圾一块儿扔掉的书。那些书大都皱皱巴巴，但他读得非常认真。有一回我进门房交卫生费，他正坐在床上看报，是我订阅的《北方新报》。他左手举着报纸，右手拿着个眼镜片儿，看得非常吃力，也非常认真。还有一回，是他双膝跪在一堆准备捆扎起来卖到废品收购站的烂报纸上看。他的前任，字写得特别漂亮，肯定也是个喜欢读书的人，只是迫于生活，不得不做这打扫卫生的营生。你能说他们没文化吗？

凡事习惯成自然。我父母都爱读书，家里就有读书的氛围。我虽至今没读出什么大名堂，但总觉得，我的人生因读书有了一定的意义和价值，对我身边的人也有了一定的影响。

我仍在慢慢读。早晨一睁眼要读，晚上临睡前要读，有时因劳累过度需要休息，躺床上，把书往开一翻，奇怪，所有的累瞬间烟消云散。我虽不拒绝电子读物，但还是喜欢纸质阅读。一本书拿在手上，那感觉，是春天的丝丝细雨，是夏天的片片荫凉，是秋天的丰收味道，是冬天的温暖阳光。我把书放在床头柜上，放在茶几上，放在任何一个随手可以拿到的地方。

有人曾问我，读书有什么意思，或者说有什么用处，我无法回答，就给他讲了一个听来的故事：有一个人，从小爱读书爱得像着了魔怔，但家里大人强烈反对，怕他因为读书耽误了干活。于是他想了个法子，每天出去放羊时，把借来的各种小说偷偷带出去，边放羊边看。看完不敢带回家，怕家长没收，就压在山上的大石头底下，第二天出去放羊时拿出来继续看，一直把自己看进大学中文系。给我们讲这个读书故事的时候，他已经是某文新学院的副院长了。

## 种菜，是一种富贵和享受

如今城里的居住环境，已非昔日所能比。早先随处可见的平房小院儿没了，由一个一个小院儿组成的家属大院儿也不见了。房子越换越大，楼层越住越高，装修越搞越豪华；口舌之福，更没的说，冬天都能吃上西瓜、葡萄。可人们渐渐发现，最开心自在的，是小区那些一楼住户。他们有个小院儿，院儿里有地，地里可以种菜，是种真正的有机蔬菜。

我爸的菜地横一条、竖一条，横竖拐角处还长着一棵果树。我仔细看过，那两条菜地加起来，多不过一个车位大。

每年一过清明，塞北冰消地化，小院儿里头年白露前后种下的葱苗最先钻出来，几天蹿高半尺有余。我爸就开始翻地，开始坐着马扎用铁铲子往碎敲打买来的羊粪砖，给地里施底肥。五月，太阳变得一天比一天烤人，我爸戴着草帽在菜地里忙活——撒种，喷水，栽秧，插架，有条不紊。

一年一年又一年，我爸在他的小菜园子里，轮换着种些豆角、黄瓜、萝卜、油菜、芫荽、茄子、生菜和各种西红柿。韭菜种在绿化带和小院儿花栏墙凹处形成的一块比巴掌大不了多少的空地上，算私垦，但因种得规矩，得到物业默许。韭菜地边儿上，矮丁香与矮丁香之间，也是寸土寸金，挤满了薄荷、玫瑰、红姑娘，都是我们冬天离不了的清热泡饮。

天越来越热，一场小雨过后，生菜苗绿得像翡翠，也娇气，碰不得，一碰就折茎断叶，叫人心疼。芫荽呢，放出油绿的光，拔几根切碎，配上鲜而脆的水萝卜丝，调碗莜面或凉粉，是最好的选择。

夏天在菜垄间走动要十分小心，脚下稍不注意，就会伤到绿叶。你看，茄子拉着辣椒，西红柿拽着芹菜，萝卜缨子和豆角纠缠在一起，黄瓜呢，借着无所不至的丝，干脆攀高枝儿，上树了。那些苗条又顺溜的黄瓜，左一根，右一根，高一根，低一根，把树装扮成一挂无声胜有声的风铃，谁路过，都得停下来多看两眼。

我爸悠闲的忙碌让我发现，原来在城里小院儿种菜，不仅是一种劳动，还是一种富贵和享受，一种远离欲望和金钱的生活境界。我爸浇水、拔草、锄地，既锻炼了身体，也打发了闲暇，更怡了情、养了性，同时还收获了上好的菜蔬，饱了口福。毫不夸张，我爸那两条菜地，真是我们一大家子的天然储藏室。我妈在屋里蒸馒头、焖米饭，我像散步，到“储藏室”转一圈儿，手上的柳条簸箕里就有了炒着吃的菜和蘸酱、凉拌的菜，比上市场买方便，还用不着担心农药残留。

我也想过富贵洋气的日子，想享受种菜的快乐。可我住三楼，没有小院，只好因陋就简，从楼下水果店要了几个泡沫箱，去早市买了几包种子，又拉回几袋我爸给拾掇好的羊粪土。一个月后，以前我坐在小椅子上喝茶看书的阳台，变成了菜园子。浇水，施肥，晒太阳，屈尊在箱子里的那些菠菜、莜麦菜、小油菜、四季生菜，长得一点儿也不比大田里的差，把空气、阳光和我的心都染绿了。

自从有了菜园子，每天晨起我干的第一件事，就是上阳台看一黑夜没见的菜，就像看一黑夜没见的孩子。我觉着，用不了多久，我的阳台菜园子也会成为一个小小的绿色贮藏室，就是铜火锅里的水已开得哗哗响，再去摘菜也来得及。

# 写 字

写字，把字写得传韵传神，让人爱看、说好，是功夫，也是本事。不过我说的这个写，不是铺纸研墨的书法，“好”呢，也不是书法所及的那种境界，只是用铅笔、油笔、钢笔书写。

研究者从考古发现和文献记载中判断，汉字诞生于五千年前，汉字的起源源远流长。而同样在古代出现过的古埃及圣书字和苏美尔人楔形文字，却消失在了历史的长河中。能传情达意的汉字，至今依然青春焕发。作为写汉字、说汉语的人，应当骄傲。

我多大会写字，或者说多大开始学习写字，估计我妈都记不太确切了，更何况我自己。但我觉着，应该是四岁或五岁，再晚就不像话了。当年的“处女字”现在还能想起来，“大”“小”“上”“下”“人”“口”，多简单啊，却让我写得像喝醉了似的，东倒西歪，没一个能站稳的。我爸看了却说：“好！都写对了！”

上学写汉字，最早用铅笔，一笔一画，写得非常认真。也下力气，拿笔的手都攥成了拳头，把方格本儿往后翻好几页，纸上还有字的痕迹。那会儿的字写得特别丑，不是头大身子小，就是七改八改改成黑疙瘩，有时还缺胳膊少腿儿，老师一个红叉狠狠打到本儿上，简直太刺眼了。

我在家写字最怕我爸看。他看我头低得太厉害，会同时扳我的脖子捶我的后背，看我握笔不正确会打手腕儿，看我字写得不工整还会拧着眉吼一嗓子。这样一来，我就得坐端正，好好写。我爸说，一个人不管肚里有多少东西，如果写不了一手好字，别人就会误以为你没文化。我那时肯定不想长大被人误以为没文化。

尽管我很努力，但直到上中学，自我感觉那字依然写得不咋地，不过在班里还算好的。字好有用处——替老师往黑板上抄题，挺牛气个营生。毕业后回生产队劳动过一阵子，队长无意间看我写了几个字，就说挺好挺好，明天不用下地了，挨家去登记临时住户的人口情况吧。因为字写得好，就干上了让人羡慕的轻省活，我妈和我爸脸上也跟着光彩。

正儿八经练字，是参加工作后。那时没电脑，单位每个办公桌上都有信纸和墨水瓶，凡事都得写条子。看着那些“四零后”“五零后”自如流畅的连笔字，我也想让我的字快点儿脱胎换骨。赶紧去新华书店买了几本钢笔字帖，有工夫就照抄，抄了一遍又一遍，把字帖都翻绵、翻散架了。那几本字帖的内容，全是一段一段样板戏唱词，有《红灯记》里的，也有《智取威虎山》里的，我练字的同时还背会很多唱词儿。

历史悠久的汉字，不仅字形美，而且富有诗意和想象空间，不好好写，真是愧对老祖宗。用什么笔写出来的字好？反正我不爱油笔（圆珠笔），感觉写出的字太死板不说，动不动还死活不出油，搞得思路一下中断，你说气人不气人。现在的中性笔虽然用起来省心，但写出来的字还是不如钢笔字刚柔有度。我手里这支“英雄”是捡来的，原主人用了多少年不知道，我已经用了快二十年，还好好的。我和这支笔已经有了默契，谁也离不了谁。我不用它写不出好字，它离开我就耍脾气，别人驾驭不了。有一次开会，挨我坐着的人没带笔，抓起我的钢笔就写，我真怕他给摁坏笔尖儿或不小心摔地上。后来有经验了，开会时多带一支笔，搁桌上，时刻为借笔的人准备着。

有件事，让我越来越忧心忡忡。这个忧，绝不是杞人忧天的忧。我越来越觉着，现在有很多年轻人对写字极其不屑，动不动就是打印复印，再让他们拿本字帖去平心静气练字，想都别想。

从前，钢笔和圆珠笔代替传统的毛笔，完全是出于方便和实用；现在呢，假如让键盘把钢笔和碳素笔代替了，我敢断定，好多人很快就不会写字了。

# 在草原上骑马

汽车穿过出产熏鸡的卓资山没多久，便驶入风车遍布的辉腾锡勒草原。

到达事先定好的旅游点后，我们稍事休息，就去和负责牵马的马头交涉骑马之事。彼时夏末秋初，旅游季已接近尾声，几十匹大小不一、肥瘦不等的马儿和他们的主人一样，都无精打采地聚在蒙古包前晒着高原的太阳。

经过一番讨价还价，我们出四百六十块钱，他们出二十三匹马，如果哪匹马需要脱离牵马人自由奔跑，再加十块跑马费。

平常在电视上看别人跃上马背的姿势很优雅，也很潇洒，可真有一匹马站在我眼前，我竟然不知所措了。按牵马人指点，左脚伸进马镫的同时，左手要拽紧马脖子后面那个专门为游客安装的铁“把手”，右手扶住马背，做上马状。可试了几次，因为不得要领，怎么也坐不到马鞍上。看着同伴都骑马远去，我有点儿着急了，向旁边几个闲着的马夫投去求助的眼神。在他们的帮助下，我成功上马。

我骑的马非常温顺。马的主人是一位汉族老大娘，她说马才刚刚接手一个多月，还没怎么挣钱呢。我问这样一趟又一趟牵马走累不累，她说咋不累呢，但没办法，地都退耕还草了，人不出来做点儿事，是会闲出病的。为什么没有年轻人牵马？大娘说，年轻的都出去打工了，我家不远，就在蒙古包后面那个小村子里，没人骑马的时候回去吃饭，中午还能躺一会儿，挺好。

马儿驮着我，在大娘引领下追赶我们的马队。马走得慢慢悠悠，我在马背上随着马蹄的起落一颠一颠的，虽然没有跃马扬鞭的威武，但也算是在过骑马瘾了。我这胯下之马开始是分给同来的一个胖女伴，不知是她体重的问题，还是这马打心眼儿里不愿驮她，反正在她拽着马背上那个铁环试图飞身上马时，马儿竟然踉跄连连险些跌倒，而且试了几次都一样。大娘就不干了，着急地说："媳妇呀，你快去挑一匹力气大的马哇，我这个马可驮不动你！"

大娘牵着马，我骑着马，在开满蓝色野菊花的草原上，在高大的风车间，我们边走边聊。我问大娘马晚上是不是得拉回去拴到院子里，大娘说不用，晚上我们把这些马都放开，它们自己去找草吃，想去哪去哪，不用管。

"那跑丢了咋办？"

"这么大的地方，丢了也在草原上。"

我仍疑惑："莫非第二天早晨马会按时回蒙古包或回家找您？"

大娘乐了："马哪能知道时间。每天早起，有马的人家骑上摩托车满草原找，找见拉回来，天天如此。”

“您的马谁去找？”

“我孙子骑摩托车去找。”

原来马也有幸福时刻。忙了一天，到晚上游客散尽获得自由，归于本性，在草原上自由自在，悠闲吃草，有时也会打滚儿玩儿。

约定的时间很快就到了。从马背上下来那一刻，我忽然觉得刚才不应该把价钱搞到那么低。牵马真的不容易，马走多远，人就得跟着走多远，遇上我这种话痨还得陪聊。我也有过一个念头，就是不管别人，我这匹马要多付十块辛苦费。我怕这十块钱被马头私吞，决定等结完账后悄悄给大娘。可是，当我把一队人马安顿到饭桌上，再回头找大娘时，她早拴好马回家吃饭、休息去了。

五年一晃而过，我却时时想起草原上牵马的大娘，也总觉得，我欠着大娘十块钱。

# 落日红

有意无意看过的落日数也数不清。在草原上看，在大漠里看，在山坳中看，在黄河边看，有一回，还和几位著名摄影师，坐着越野车，在起起伏伏的黄土高原上追着落日看。那次追着落日看的目的很明确，就是为了用镜头捕捉那瞬间的美。看来看去，最美的落日，也是我看得最从容、最悠闲，自认为最惊心动魄的，也许你想不到，竟然是城里的落日。

久居闹市，人们常常抱怨，林立的高楼让月亮都变得“躲躲闪闪”，想看完美的日出日落，时机真的很难把握。当初我也是这样认为的。可是，自从与那轮红彤彤的落日偶然相遇后，我那从前毫无根据的“认为”便被彻底颠覆了。

也许冥冥中自有天意。那是一个晴好的秋日午后。我在内大南校区主楼会议室听完文学讲座，又去图书馆借了几本书，那时天色已向晚。我跨上自行车出学校东门，朝北一路急行。南校区离市区较远，周围也才刚刚开始搞建设，人烟稀少，显得有些荒凉，我脚下不敢耽误，生怕太阳落山了不安全。

就在我一口气把自行车骑上那座通车没多久的大桥，天哪，奇迹出现了：一轮巨大无比的红彤彤的落日，刚好端坐在城南桥西一堵残墙上。她鲜亮、通透、圆满，她绯红、端庄、神秘，她凝重、内敛、唯美。落日，用一种色谱中根本无法找到的极具穿透力和爆发力的红，不仅震撼了我的视觉和想象，也让我心生敬畏。那是一种有生命、有思想的红，是一种立体、魔幻的红，甚至可以说，那就是闪耀着红光的四维空间的完美呈现。

那一刻我目瞪口呆，忘了时间的存在，忘了情绪和想象的沸腾。我想我站在被落日染红的桥上，我的人是红的，我的心也一定是红的，所以，我应该向那红致敬才对。

我曾跟随一位著名摄影师去野外拍摄落日。他不断地变换角度，用专业而娴熟的技法，把一只栖在枝头的鸟和红红的落日完美地结合在一起。镜头里，西沉的太阳充满日全食的神秘，鸟的剪影又似一枚黑色休止符，两种意象珠联璧合，无限延伸的艺术之美便产生了。

那日，我站在桥上看风景。

日落的速度像日出一样，极快，快到你根本不相信那是真的。我甚至感觉不到她在动。但千真万确，她在动，在我的凝神注视下，缓缓向下滑，滑下残墙，滑下残墙旁那一堆碎砖烂瓦，滑下古城的树和楼房，滑下远处看不到的群山，直至看不见一丝一缕的红。

喜欢摄影的朋友听过我的描述，不无惋惜地说，我当时应该果断掏出照相机！是的，我的照相机就在背包里，可我不愿意。那么令人心动的落日之美，应该用心去欣赏，去记住，不应该眯眼躲在镜头后面，那是专业摄影师们的事。我更不愿意让邂逅的落日之美变成一张张死板的照片供人观瞻。那应该是一个由心和眼一起摄录的美的瞬间，应该永远拷贝在心里，可以随时播放。

# 后山的云

这里的“后山”，是指呼和浩特大青山以北的广大地区。

住在城里，每天睁眼高楼、车流，闭眼车流、高楼，天空和云朵被切割得支离破碎，人仿佛成了有血有肉的空气净化机。因此我总是一次又一次往后山跑，跑去呼吸新鲜空气，也为了看云。

喜欢后山的大视野，喜欢在花草遍地、空气清新的大视野中席地而坐，心无旁骛，随情随意，看飞鸟掠过，看云来云往，看云卷云舒。后山的云，绝不输于沈从文笔下那云南的云，甚至比云南的云更加变幻多端，更加有风度、有情趣、有魅力。

沈从文曾说：中国北部的云厚重，人也同样那么厚重。南部的云活泼，人也同样那么活泼。海边的云幻异，渤海和南海云又各不相同，正如两处海边的人性情不同。河南河北的云一片黄，抓一把下来似乎就可以做窝窝头，云粗中有细，人亦粗中有细。湖湘的云一片灰，长年挂在天空一片灰，无性格可言，然而橘子辣子就在这种地方大量产生，在这种天气下成熟，却给湖南人增加了生命的发展性和进取精神。四川的云与湖南云虽相似而不尽相同，巫峡峨眉夹天耸立，高峰把云分割又加浓，云有了生命，人也有了生命。

后山的云，就是沈从文笔下的中国北部云，除了已经定义的厚重，更多的还有活泼和直接，亦如后山人的秉性。后山的蓝天，衬托着后山的白云，就像上好的土地，衬托着巴林石里的鸡血，美艳动人。后山的云形态各异，一朵一朵，一片一片，一条一条，一垄一垄，或轻柔地飘游，或自然地聚合，像无数淘气玩耍的孩子。有时你盯着一朵或一片云看，看着看着，那云，就变成一条飞龙、一头卧狮、一峰骆驼，有时也会幻变成母子亲昵相拥，或者一大群羊在头羊的带领下由远而近地缓缓移动。

天空不仅赋予后山云生命，还给了她调皮的性格。有一天，我躺在一块像床一样大的石头上看不远处的风力发电机。有一朵小巧的火烧云，刚好端坐在白色风车顶端，仿佛一个面若桃花的小姑娘，正随着风叶的转动左右摇移，那简直就是个童话故事。还有一次，我要过羊倌儿手里的羊铲，铲起一块土坷垃远远抛向羊群。那些羊四散而去，有些居然要跑到天上，藏在羊群一样的云朵间，我简直分辨不出哪朵是云，哪朵是羊。有时候，笼盖四野的蓝天上，竟然只有一匹云做的白马。那马一会儿肥了，一会儿瘦了，一会儿醉卧，一会儿又似扬鬃快跑，简直像在看一个超级万花筒。

最大气磅礴，也最让人惊心动魄的，是后山的乌云。

后山的乌云要来就来得铺天盖地。闪电划开乌云，响雷震碎乌云，雨却下得并不大，有时甚至滴雨未落，就像跺脚打滚儿哭闹不休的孩子，其实就是干打雷，倒也应了“雷公先唱歌，有雨也不多”的谚语。在北京的日子，因为雾霾，我每天都要念叨好几遍想后山了、想后山的云了，有时真想早日结束行程，买张火车票赶紧回家，到后山去看云。

快节奏的现代生活，有时让人顾不上低头看水、抬头看云，甚至忽略了亲情的存在，整天周旋于权力和金钱中，而无暇顾及身边的美景。殊不知，能静下心来看云，也是一种修行。

# 人生三乐

一日，某人问我：人活在世上，唯一不用奋斗就可以轻松得到的，是什么？

我翻着眼睛想，左想，右想，没想出来。

“岁数！”某人说。

哦，我这脑子，多简单的脑筋急转弯儿，愣没答上来。

想想还真是这么回事。在“岁数”面前，庸人也好，智者也罢，更不分贫富贵贱，那才叫绝对的人人平等。这世上的日子，谁都是过一天少一天，过一年长一岁，不是说你当官儿了、有钱了，就可以活个三年五载才长一岁，那叫想得美。

人活在世上，既然没有长生不老的可能，就该把有生之年活得精彩些，活得乐呵些，甚至活到将来你不在了，人们还都记着你的好，那才叫成功的人生。虽然你也许只是个平凡得不能再平凡的人。

人活一世，喜乐多了去了，但要我选，决不贪，除了身体健康，吃得香，睡得稳，还选自得其乐、助人为乐、知足常乐这三乐。

所谓自得其乐，就是自己体会其中的乐趣。比如垂钓，真是一竿在手，其乐无穷。你甭管别人怎么说你像抽大烟上了瘾，守着个水坑一坐就是一整天，还晒得黑黢黢的。有什么呀，那才叫活得健康、活得实际呢。我一个朋友，爱钓鱼爱到不能自拔。你上他家，会看到一个现在连农村都没人用的大水缸，那就是他冬天垂钓的鱼塘。在家钓。抽烟，喝茶，坐等鱼上钩。鱼上钩了，提起来，摘钩，把鱼重新扔回缸里。再钓，再放，也是一钓一天。有人开玩笑说他走火入魔神经不正常，他说你哪知道，哥钓的不是鱼，是心情。不过我不以钓鱼为乐，我以上山下河捡石头为乐。如果套用一下这位老兄的话，就是：你哪知道，姐捡的不是石头，是心情。

相对于自得其乐，助人为乐，就有了一定的高度。

乐善好施，助人为乐，一直是我们中华民族的传统美德。尤其遇到天灾人祸，总会有热心人出来相帮相助。特别是那些不留姓名的解囊者，实在让人敬佩。我曾多次遇到有人在医院门口或广场旁边的公交车站，拿着麦克风，一遍又一遍诉说家庭的不幸和经济上的困难。虽然我知道，五块、十块对于他们来说，只是杯水车薪，但每次遇见了，都会尽自己所能去帮助他们。因为我知道，能帮助别人，也是一种快乐。

知足常乐，得分开说。知足，就是知道满足。对人而言，知足是一种修行，很难做到。常乐呢，和知足是因果关系，如果你的欲望一再膨胀，永远不知足，那么常乐只会离你十万八千里。现在已经被打和即将挨打的“苍蝇”“老虎”，就是因为贪赃枉法不知足，贪得无厌，而自食其果。

人生千姿百态，通俗点儿说，就是一人一个追求、一人一种活法，只要选此三乐，一辈子绝对是吃得香、睡得稳、活得美。

# 暖暖的布鞋

北京大栅栏内联升老店，我和演示千层底儿布鞋手工技艺的杨福顺师傅聊天。

杨师傅和我同龄，十七岁拜李清瑞为师，现在已是不折不扣的顶级技师。我问杨师傅这个手艺好不好学，他笑着说：“反正，你看，就我这俩手，没少挨锥子扎。”

看杨师傅给鞋底儿里衬上雪白的棉花，一针一针绱鞋，又用劲儿把绱好的礼服呢面儿布鞋翻过来，用刷子蘸上清水刷边儿、整形。看着看着，当年我妈坐在炕上给我们一家老小做鞋的情景就浮现在眼前。那时候除了打麻绳的麻，好像什么都缺，做鞋面儿的新条绒布，做鞋里儿的新白洋布，做棉鞋的新棉花，包括号称千层底儿的那三十来层厚的鞋底子，也得把无法再缝缝补补的旧衣裳拆成布片儿，用糨糊一层摞一层粘在一起，我们称其为“打衬子”。一切都准备到手跟前儿，才可以开始做鞋。

家里人口多，秋天准备过冬的棉鞋，冬天又得早早做好春夏要穿的单鞋，过大年还得人人一双新鞋。杨师傅说他三天才能做好一双新鞋，这三天，是正常工作状态的三天。我妈呢，每天得料理九口人的三顿饭，得把院子里的猪呀羊呀鸡呀狗呀都喂饱，还得做单衣做棉衣，得把不知拆过多少回的毛线再织成毛衣。你的扣子掉了，他的裤腿、袖子挂烂了，谁的袜子有窟窿了，都需要我妈缝补。而做鞋最费工夫，战线也拉得最长，我真不知道我妈当年是如何挤出那么多时间用来做鞋的。我至今觉得，那时候我妈是真辛苦，真不易，是真正的伟大。

无数做鞋的日子里，十五瓦的电灯泡高高吊在房顶上，我妈边给我们讲《豌豆公主》，边纳鞋底或缝鞋帮，有时候累了，放下针线喝口水，或者跳下地去活动活动。我妈做鞋时我也能帮点儿小忙，比如纫针，递锥子、剪子，也包括哄弟弟妹妹。单鞋一般是我妈自己绱，棉鞋不行，得花钱让村里的鞋匠绱。最怕我妈让我到鞋匠的小屋里去看鞋绱好了没有，因为鞋匠总是绷着脸，从来没见他笑过。很多年后，当我有了胆子，决定去看看鞋匠是如何把绱好的棉鞋翻过来时，发现鞋匠的小屋终日挂着门板，原来他已经去世了。

老房子拆迁时，我在西墙底花棚里的杂物间看到了当年打麻绳用的拨吊儿。它的主体是一节羊腿骨，因为年长风化，往起拿的时候就碎成了好几块儿。我试图把它们拼起来，但没有成功。前些日子和我妈提起这事，又想到过去针线笸箩里那几个鞋楦子。我妈说绝对没有扔掉，还在，只是一下想不起放在哪儿，找着就给我。

我妈没有专门学过做鞋，可我觉得，不管单鞋还是棉鞋，她都能做得那么合脚，穿上心里总是暖暖的。那年在北京，一场大雨泡坏了脚上的鞋，我转来转去，试过皮鞋、凉鞋、旅游鞋，最后，却选了一双粗布鞋面儿、麻绳纳底儿的布鞋，因为那双鞋一上脚，就让我找到了当年我妈缝在布鞋里的爱和温暖。杨师傅告诉我，纳一只成人鞋底儿，起码要两千针。我妈从小到大究竟给我们做了多少双鞋，又纳了多少个两千针，我想，唯有走好脚下路，才是对她的最好报答。

# 谢谢您，老师

人生时时处处有惊喜，今年岁末这一喜，让我内心充满感动。

惊喜和感动来自十二月二十七日。我初中时的班主任邢秉贵老师和师母摆下宴席，将我们这些三十五年前他教过的学生招呼到一块儿，把酒言欢忆当年，辞旧迎新话未来。老师已经七十岁了，按说这个宴席应该由我们这些学生来摆，邀请老师和师母才对。可老师和师母会逗我们开心，说他们老了，吃穿用度不大，这么着花，才能体现出钱的价值来。

三十五年前，老师三十五岁，我们十四五岁；后者调皮捣蛋，前者意气风发。老师教物理，是我们初二二班的班主任。那是一九七九年，呼和浩特市第三十五中学刚刚建成投入使用，我们是第一届学生。新建校一切从零开始，没有围墙，没有操场，连厕所都是用木板临时搭建的。秋雨连绵时，校园里一片泥泞，走起路来深一脚浅一脚，有点儿像红军过草地。再就是老师和学生，来自四面八方，互相得慢慢适应、慢慢磨合，一切才能步入正轨。

老师当年说话办事都很干脆，管理和教学有条有理，该表扬表扬，该批评批评，能遇上这样的老师，真是我们的福气。

我们那届初中一共有十二个班，每班定员是五十六人，班与班各方面竞争都很厉害。老师对我们的要求是不求最好，只求更好。老师干什么都很认真，春秋两季运动会和歌咏比赛之前，老师总带着我们不停地练，有时候礼拜天也练，可没人给老师算加班，也没人给他发奖金。考试前的复习也是这样，各种习题一抄一黑板。我也替老师抄过，但我的字不如老师的好看。

过去的师生关系很让人怀念。老师一心教书育人，没有功利心，没有私心，更不会因为家长的身份而对学生厚此薄彼，都是一视同仁。那时候我们可以随便去老师办公室，过年给老师和师母拜年，坐下就吃饺子，啥都不怕。席间我们忽然想起当年一件事，就是老师曾经把别的班一个不服管教被逐到门外的“坏”学生收留回我们班。问起老师当年是怎么想的，怕不怕别人说闲话，老师说那时啥都没想，就是想如果不要他，他能去哪儿。老师的话说得很平淡，我心里却起了波澜。想想现在一些老师，选班长、排座位都要看家庭背景，看学生父母手中的钱和权，简直势利到令人发指。

关于家长会，老师说那时候他根本不管家长当不当官儿，只在乎学生的成绩和表现，别在自己手里出问题，都能顺顺利利毕业就行。至于家长，只有开家长会时才能见一面。见到了，谈的也是学生的学习和身上存在的问题，顾不上说别的，也感觉不该说别的。闻听此言，我一下想起老师当年曾跟我爸“告状”，说我上课不好好听讲，偷偷从课桌里掏着吃糖豆之类的零食。回家后我爸黑着脸训了我一顿，我“偷吃”的行为不得不有所收敛。

老师还说：“我那时候实在，不会说假话，当然现在也不会说假话。”我们一桌同学都笑了，开心地跟老师说：“难怪我们也说不了假话，原来根儿在您这儿！”把老师和师母也给逗笑了。

我们的聚会其乐融融，不谈钱，不谈房，不谈车，只谈过去的美好和现在的快乐，以及对未来的设想。而对老师和师母的感谢，对师恩的报答，没有别的，就两条：好好做人，好好做事。

# 人才建国

每到腊月底，忙忙碌碌间，总会想起爷爷和姥爷在世时那些春节。

那真是两个少有的好老汉。

爷爷没念过一天书，却心怀大爱，靠手艺挣钱，艰苦年代帮无数人家渡过难关，却从来不考虑回报。爷爷曾经是村里最早的农会主席，因与“落后”群众走得太近，把官走丢了，却赢得了好口碑。

姥爷是中共党员，当过民政干部，也当过副乡长，怀有一颗平常心，工作认真负责，以助人为己乐。

多年前，下岗后迫于生活，我们在今天呼市的兴安南路，开了个五脏俱全的小卖部。快要过年的时候，姥爷给送来手写春联，上联是“门市笑纳远方客”，下联是“柜台喜迎城乡宾”，横批姥爷没按惯常套路写“财源广进”之类，却写了意味深长的“童叟无欺”。一副对联，好的横批，不仅可以锦上添花，还能让对联的内容得以升华，起到点睛之笔的作用。

我们没让姥爷失望，几年小生意做下来，货真价实，童叟无欺，虽然没发大财，但收获了感激和信任。

姥爷一直喜欢用金粉写春联，偶尔用墨，也一定要用金粉勾个边儿，我似乎想象不出姥爷如果单纯用墨写春联，贴起来会是什么样子。姥爷写的春联多和勤劳智慧、鸟语花香有关，少见恭喜发财、财源滚滚、财源广进等字眼儿。个中意味，我是随着年岁增长才慢慢有所领悟的。红红的春联一旦贴上，就成了春天的使者和包括人在内的自然万物的福祉，要在岗位上坚守，直到下一年新春联喜气洋洋来接班。

我们姐妹相继成家后，每年腊月都会收到姥爷专门为我们准备的手写春联。一年三百六十五天，天天出门回家，见字如面，似乎姥爷就站在眼前。

姥爷是文化人，写春联与时俱进，甚至很前卫。十多年前，当我发现耄耋之年的姥爷，因岁数大而写字开始力不从心时，就再也舍不得贴这些手写春联，全部小心收藏起来，也就有了现在回忆的资本。

时光倒退十几年，姥爷在春节前给我们准备的春联中，竟然有“人才建国”。这是张斗方，红纸，金字，应该写于二〇〇六年前后。

人才，是指具有一定的专业知识或专门技能，进行创造性劳动并对社会做出贡献的人。这里的建国，指建设和发展国家。我们国家的发展与强大，离不开各类人才。我自认为还不算人才，但时刻牢记姥爷的“人才建国”，并以此为座右铭，时刻提醒和勉励自己，即便不能成为栋梁之材，也一定要成为有用之才。

爷爷是文盲，同时也是不折不扣的人才。从旧社会一直走到新中国，改革开放后，又把自己的木匠手艺手把手传授给徒弟们。如此家风，我没有理由不争取成为可以建设国家的人才，当以“人才建国”自勉。

我还保存一条“春为一岁首”。没舍得抹过糨糊，每年只在屋里挂挂，一过正月十五，就像过去的卷轴年画一样，小心收起，等下一个春节再拿出来。今年正月与表妹相见，说到姥爷写春联的事，她说她也保存着，而且和我一样，要一直保存下去。

# 昨夜秋雨敲窗

向来一觉睡到大天亮，可昨夜三点忽然醒了。啥情况？闭眼躺着想。哦，原来是秋雨在敲窗。

总认为塞北秋雨是没有前奏的，悄悄来，甚至悄悄去，只是来去间，这天气也不和谁商量，想冷就自顾冷了，冷得树叶变了颜色，冷得人开始一件一件加衣裳。

从没见过诗意绵绵的江南细雨，夜半那点点敲窗的塞北秋雨，也好比“一霎微雨洒庭轩”，同样让人联想到“空山新雨后，天气晚来秋”的美。其实，秋雨和春雨一样，都是一种情怀，也都能给人以穷的想象和启发。我像爱生机勃勃的春雨那样，爱着沉着冷静的秋雨，因为秋天不来，春天便遥遥无期。

雨一直在下，从天黑下到天亮，从正午下到傍晚，那丝丝缕缕的声音，忽而高，忽而低，忽而暂时停一停，忽而又好像被微风吹得飘来飘去，摇晃成好听的音乐。我决定要下楼了。去秋雨中走走吧，并不打伞，呼吸潮湿新鲜的空气，让秋雨润润干燥的头发和皮肤，也与经过的那些草木暗自交流交流。

我走出去的时候，雨刚好不大不小，落在身上潮而不湿，做个深呼吸，简直舒服之至。也许是园林工人不久前刚刚修剪过侧柏篱，经过一夜秋雨，松柏类植物那特有的香味便弥散出来，想象力丰富的我，眼前闪现出形成于千万年前的琥珀，和糖亮糖亮的琥珀桃仁。街上的人和我一样，少有打伞的，他们应该也是在尽情享受这微雨迷蒙中的舒爽和快乐吧。

有人说，不管是大是小，雨声都不算噪声，哪怕是落在洋铁皮上发出的那种急促的敲打声，也不会使人讨厌，更不会搅得人失眠。是呢，像昨夜，秋雨敲窗叫醒我，但很快，又催我入眠了。

秋天也很容易让人怀念一些事物。比如现在，我正经过一棵开花的蜀葵，似乎看到了多年前下在我家老宅院里蜀葵花上的那场秋雨。那时候我多年轻啊，坐在雨声淅沥的葫芦架下，手上是席慕蓉的《七里香》，或者是《白色山茶花》，边看，边幻想在某一个秋雨绵绵天，我会和一场爱情相遇，可期待中，我的爱情姗姗来迟之日，已是某年大雪纷飞时。

人生如四季，有鸟语花香，也有疾风暴雨，谁能在迷雾中把好舵，把平常日子过平常了，才是强者和高手。就像秋天也有美景一样，人生之秋也美不胜收。我特别喜欢《最浪漫的事》那首歌，喜欢在雨天，哪也不去，就坐在地毯上，喝着茶，一遍一遍听：我能想到最浪漫的事，就是和你一起慢慢变老，一路上收藏点点滴滴的欢笑，留到以后坐着摇椅慢慢聊……

昨夜秋雨敲窗，那今夜呢？

雨一直在下，很像柳永那场诗意盎然的宋朝雨："对潇潇暮雨洒江天，一番洗清秋。"塞北之秋，广场上一年一度的菊花展，经历了这敲窗细雨的几番濯洗，待到雨过天晴，一定会是绿叶滴翠、花容鲜亮了。

遥远的盛唐时期，田园诗人孟浩然坐在友人农舍里，吃着人家的炖鸡、黄米糕，喝着人家自酿的美酒，毫不见外地说，马上就到重阳节了，那时候我还来你家，喝酒，赏菊。是呢，重阳节马上就到了，吃不吃炖鸡、黄米糕无所谓，一定要记得回家，陪父母去登高、赏菊花。

# 落　叶

像刘亮程眼里的草，我一转身，所有的树叶就落了。

落了的树叶不只有黄色，还有红色、黄红色、黄绿色等。这些深深浅浅的颜色上，有时还有棕色斑点，像耄耋之人脸上、手上的老年斑，是一种岁月之美。

最好看的落叶，不是大风里横冲直撞、跌跌撞撞的落叶，是蒙蒙细雨中，那一片一片又一片，如妙龄女子般娴雅袅娜，飘飘摇摇从天而降的落叶。我是个心大之人，能吃能睡，看着落叶纷纷，有时竟诗意盎然，从不感觉秋天有什么可肃杀和悲凉的。恰恰相反，总认为这是一种必然，就像一茬一茬人老去，一茬一茬小孩儿又长起来。悲秋只是部分古诗词里带有历史烙印的产物，那是一种远去的苍凉美，一种把情感寄托于季节的诗意表达，与今天的落叶毫无关系。

小时候，也喜欢把杨树叶、柳树叶、樱桃树叶、槐树叶等夹到书里，后来是银杏叶、丁香叶、柏树叶。那年，亲手从额济纳四道桥胡杨林中捡回两片胡杨叶，如今想找来看看是否还是当年那耀眼的黄，可惜不知夹在哪本书里。曾经拥有过一枚香山红叶，是友人去北京旅游从香山购得的，已被塑封。我手捧红叶，闻不见植物特有的味道，也无法触摸那寓意深刻的红，所以未曾喜欢过。后来，连树叶带记忆，一块儿弄丢了。

其实，对树叶的感情，来自它的实用性。过去家里住平房，有大院儿，就养羊、种葡萄。冬天喂羊和给下了架的葡萄藤当棉被保暖，都离不了树叶，每年秋末我们姐妹都会拿上麻袋和耙子，到村子周边的树林里去搂树叶。有一年生产队收树叶给牲畜当饲料，三分钱一斤，除了家里用的，我还卖了好几块钱，感觉那年的秋天比往年短，树叶也比往年少很多。

树叶还有一大用处，就是冬天洋井冻了，可以把干树叶点着，在井管周围连熏带烤，井管里的冰就慢慢融化了，又可以“叫”起来压水了。盖在葡萄藤上的树叶，等春天完成任务后，我爸会把它们归拢到空地上，划根火柴点着，微微的火苗和淡蓝色的烟雾过后，树叶已经变成草木灰，直接还田。

金秋十月，在额济纳总有一场染黄天地的视觉盛宴在迎候各方游客。等大漠风渐寒，落叶纷纷下，家里有羊的人家就拿着口袋去收集树叶。他们告诉我，用胡杨叶喂羊，省钱不说，营养还高，吃过胡杨叶的羊，不光肉质鲜美，还没有羊膻味。这是事实。我在额济纳的一个礼拜可没少吃羊肉，口感和味道与老乡说的一模一样。我对胡杨叶，除了赞美，还有敬佩。

晚秋，我喜欢盯着树上的一片叶子看。看着看着，没有风雨，也没有任何其他外力，那片叶子，忽然潇潇洒洒离了树枝，风姿绰约缓缓落下。我伸出手，正好接住那片落叶。

我喜欢听落叶在脚下发出那种美妙独特的悦耳之音，喜欢看落叶用正反两面在街巷上堆叠出的那种极有层次感和方向感的自然美，如果能在茂密的森林中偶遇一场落叶雨，那简直是太美妙了。

# 村里的老人

汽车停在村口，我们想问路，左顾右盼，不见一人。时候已接近中午，整个村子却好像仍熟睡未醒。

过去的村子可不是这样。早起天刚蒙蒙亮，空气和鸟儿醒了，负责打鸣的鸡醒了，树和草醒了，院子里的猪啊羊啊牛啊马啊都醒了。女人们让炊烟缭绕在村子上空，男人们边洗脸边琢磨这一天地里要做的营生。简单吃过早饭，上学的背起书包，下地的扛起铁锹、锄头，也有赶牛牵马套车的，村道上瞬间就热闹起来。然后就有年轻妈妈抱着吃奶的孩子，坐在院门口的石头上晒太阳。老爷爷老奶奶也出来了，闲不住的下地劳动，也有三五个聚在一起，家长里短聊着。也说些七荤八素，但没有贬低谁笑话谁的意思，就图个开心乐呵。后来，为了生活更美好，有人外出打工赚钱去了。当打工赚钱成为潮流，村里的青壮年越来越少，走着走着，就只剩老人和小孩儿了。随着乡村小学的整合，很多村子没有了学校，孩子无法就近上学，父母只能连孩子一块儿带到城里，闲时聚在村头的，基本是老人，他们调侃说六十岁左右的，就是村里的“年轻人”。

在村里，种地的人大都上了年岁，他们日出而作，日落而息，似乎永远不到退休年龄。有些老人也可以不种地，有社保，有医保，在外打工的子女隔段时间也会回来探望，并带回足够的吃喝与零用，但他们觉得，如果不种地，就对不住自己的农民身份，更对不住那些养活了祖祖辈辈一代又一代人的土地。在呼市赛罕区一处田地，一位八十二岁的老农仍顶着秋天的骄阳，和从城里歇工回来秋收的儿子一家在玉米地里，一个一个往下掰玉米棒子，我问他为什么不雇台收割机，老人说一是得花钱，再者地不多，自己也想活动活动筋骨，要不闲着难受。大概这就是人们常说的宿命。

一次，在高高的摩天岭上看农民碾扬收获的豆子，场面上也是没有一个年轻人。我们看着传统的劳动场面稀罕，他们看着我们这些城里来的年轻人稀罕；彼此没有隔膜，畅快地谈论着村庄的过去和现在。老人们也担心将来，担心他们老了，更老了，不能下地劳动了，死去了，这些土地由谁来种。头上罩着红头巾的大娘跪在地上，边和我们说话边仔细翻拣混杂在碎豆荚皮和沙土里的新鲜绯红的连豆，心中瞬间想起那句“谁知盘中餐，粒粒皆辛苦”。

这几年，虽然乡村面貌焕然一新，农业政策也越来越好，为鼓励农民种地，各种补贴层出不穷，但仍吸引不住年轻人，他们不愿和土地“做朋友”，依然选择在城里打工，吃着城里花钱买的馒头，想念自家地里出产的小米、莜面、土豆。人呀，真是个无法解释的矛盾体。

五月初下乡去清水河县。所到之处，很多院落大门紧闭，一把把锈迹斑斑的锁头，紧锁着满院的寂寞和荒芜，了无生气。有些院子虽然看起来也是无人居住，但打扫得很干净，向阳处还种着绿油油的韭菜或葱，说明院主人会常回来看看，这让人心里多少得到一点安慰。一个院子里正在装修旧窑洞。主人是一对儿淳朴热情的老夫妻，他们带我看院墙外新种的海棠树，给我讲当阳桥水库里的鱼有多好吃，还邀请我秋天来他们家品尝葡萄。

不远处的另一处院子里，一条狗，一畦菜，两个像做手工一样认真劈柴的老人，多么熟悉的乡村生活场景。老大爷已经七十九岁高龄，边劈柴边给我讲门前扬水站的故事。老人记忆力非常好，说这扬水站建于一九六九年至一九七二年的人民公社时期，建成后试用了一次，感觉投入太大，就再也没有用过。五十年后的今天，扬水站像一座天桥岿然不动，站成天地间一道风景，陪伴着这些曾经为它出过力、流过汗的老人。

这次还见到一位特殊的农村老人，他叫刘三堂，人称“小香米之父”。他是农民的带头人，是土地的守护神，更是农村和土地的希望。为了实现心中的梦想，他把儿子刘峻承从繁华的大上海召唤回来，和他一起种地，一起把小香米做成大产业，彻底改变家乡面貌，让年轻人重新认识农村，认识农业，从而爱上农村和农业。

一块正在播种的谷地里，负责田间统筹的小王，大学毕业后选择在城里打工，不过用他自己的话说，越打越没劲，成天就想着多挣钱，根本没有什么人生和事业规划。经过一番思考，他选择了蒙清农业生产基地，和他的父辈一样，与土地和粮食打起交道。如今，很多和小王一样有创业精神的大学生，陆续被年届七十的刘三堂吸引到农村这片广阔天地，施展他们的才华，从而实现远大抱负。刘三堂也退而不休，总是骑着摩托车上山去巡视，以便把积攒了一辈子的劳作经验，传授给年轻人。

村里有许许多多不简单的老人，他们都在用自己的方式颐养天年。

## 蒙古族邻居

二〇〇五年，我们在呼市东瓦窑货栈附近租了个小门市，说是做买卖，其实是为了照顾上学的女儿中午可以就近“回家”。

那时候房租便宜，又加上房子确实小，一年才两千来块钱，连水电费算上也不足三千块。我们挂起奶食店的牌子，出售奶制品和风干牛肉。投资小没压力，随便卖点儿就赔不了钱，因此，营业时间非常随意，过时过节自己给自己放假，女儿午休时也关门谢客。

小店开张没几天，旁边那间大房子也租了出去。租房的是两个蒙古族青年，正在内蒙古师范大学上学，男孩儿拉马头琴，女孩儿唱长调。房子不是他们用，是从牧区过来的男孩儿的父母和女孩儿的父亲做买卖之用。

房子打扫干净，搬来很多东西，也来了很多说蒙古语的年轻人，但看不出究竟要做个什么买卖。过了几天，他们在门前小树旁放了一脸盆水，放了一个打气筒，显然是要搞自行车修理。当时我就想，这可是个技术活，看着简单做起来难，没两下可不行。

他们从草原上来，草原上的人都骑马、骑摩托车，不骑也骑不了自行车，难道来呼市后专门找师傅学过？或者来这条街以前就在别处干过这一行？

摊子摆开，很快就来了买卖。一个人推来一辆自行车，说车胎扎了，要补。老哥俩就忙活开了。先是蹲在那儿研究，似乎有点儿无从下手，后来拔掉气门芯儿往外拽里胎时，我真为他俩捏把汗，生怕一把拽出个大窟窿，钱还没挣上一分，就得先赔人家条新胎。在我的担心中，剪子、木锉、胶水一通忙活，总算把胎补好了，可新问题接踵而至，他俩谁也不会把补好的里胎塞回外胎里去。车主本来很着急，看他俩急得满头大汗，也只能耐着性子等了。我看着也着急，但帮不上忙。最后实在没办法，他们其中一个就跑到巷子西头的修车摊儿，现学去了。

这个买卖看来是做不成了，得改行。

没几天，男孩儿父母搬走去做别的，女孩儿父亲留下，就近找了个皮鞋美容连锁店学手艺，半个月速成后挂牌儿开张。两个年轻人没课时就过来，一边照顾他生活，一边帮着擦鞋揽生意。不忙的时候，男孩儿还骑着电动自行车替旁边的水站送桶装水，每月也能挣个一千多块钱。

以为这次专门学过，还有现代化的工具，他起码挣个吃喝没有问题。可事实是，除了给人擦皮鞋，这个草原上来的速成皮鞋美容师干什么都显得笨手笨脚，再加上眼睛老花，无论给皮鞋做高级保养，还是给鞋面改颜色，很少有顾客能满意。但蒙古族鞋匠脾气非常好，不管顾客多么生气，他总是不紧不慢，用一口蒙古族口音浓重的普通话反反复复地解释：“我看，这个，已经很好了，还不行吗？”

修鞋的技术不行也就罢了，草原上来的皮鞋美容师，一时半会儿也很难适应城市生活，中午睡觉不关门，大敞着，像在草原上的蒙古包里睡觉一样不设防。结果，先是让人偷走了放在枕头下的手机，没几天，又把顾客送来做保养的几双高级皮鞋弄丢了，再加技术不行回头客少，他越干越没信心。两个孩子也跟着没了信心，一边耗日子，一边琢磨其他出路。

几个月后，我们的房子和蒙古族邻居的房子先后到期。我因孩子考入一中要住校没有续租的必要，邻居准备到一家蒙餐馆去打工，他说那里管吃管住，每月还有一定的收入，关键是有说蒙古语的同胞可以聊天。

有缘做了一年邻居。我很喜欢那两个实实在在的蒙古族青年，也很喜欢那个笨手笨脚的皮鞋美容师，不知他们现在回了草原，还是依然在呼市打拼，有时还真的挺想念他们。

# 湖边柳

春来，花开，柳绿。

走，我们看花去，却没人说看柳去。

柳就是一棵树，实在平常，不出众，没什么看头。也不开花，也不结果，飞絮的时候，还挺烦人。可话说回来，“碧玉妆成一树高，万条垂下绿丝绦”的优美姿态，却唯柳而不能。

正是“吹面不寒杨柳风”的四月，满都海公园那些湖边柳都活泛起来，僵硬了一冬的枝条渐渐发软，开始心不在焉地摇来摆去。风越刮越热，柳枝越摇摆越柔软，没几天，就摇摆出一串儿一串儿小芽苞，柳枝变得沉甸甸的了。那芽苞起初蒙着白色绒毛，显得发黄。再长大些，芽苞完全推开绒毛，一舒张，变成太阳底下的油绿。嫩柳叶似春茶，毛茸茸虫儿一样的柳穗甚是可爱，一阵微风吹过，此时的柳条，真可谓千种风情、万种风韵。

柳穗在有些地方是最美的时鲜。趁嫩摘来，用沸水焯过，入冷水浸泡去除苦味，加蒜泥、香醋、盐、香油拌匀，也可同时拌入新鲜豆腐。柳穗性寒，食之可去火明目、清热解毒，可谓药食同源。我也想做一碟尝尝，却终究不忍下手。

从前的绥远城南门外，护城河两边儿有好些柳树，直的，歪的，都有。那时候我还小，认为自己能像男孩儿一样，鞋脱了，往手心里吐口唾沫，两手一搓，脚蹬手抱，噌噌噌，上树了。实际上，我搂抱着树，却连一寸也挪动不了。编帽圈儿的柳条呢，总归是别人的劳动所得。这帽圈儿是从电影里学的，编好每人头上戴一个，要么躲在墙后，要么卧倒在河边的花草丛中，要么假装匍匐前进，有时也像解放军，排队走过桥下河水哗啦啦的石板桥。这可都是电影里的镜头！清明蒸了寒燕儿，找不着带刺儿的树枝，就折根细柳条，串一串儿插在墙上的相框边儿上，应时应景儿。

春天也是做柳笛的季节。最好刚下过一场雨，充盈的水分，让柳枝的木芯和外皮更易于分离，做起来也更得心应手。柳哨的声音，主要取决于柳枝的粗细，粗的声音沉闷，细的响亮清脆。手巧的男孩儿会把木芯留在皮管里，并下拉一节，把水灌入皮管，吹的时候，小心推拉木芯，那笛音便带了水声，清脆婉转，像鸟叫一样。吹柳笛，无疑是乡间童趣。

“柳城荫绿”为呼市老八景之一，说的是中山路两边儿那些伸手就能摸住的沿街柳。过去出门，不是步走，就是骑自行车，中山路上的柳荫成了一把天然大伞，再毒的日头也奈何不了它，行人在其保护下，优哉游哉，十分惬意。后来，城里的人越来越多，自行车也变成汽车，路就显得窄了，原有的商店也无法满足腰包渐渐鼓起来的人们消费需求了。那就进行改造吧。一道风景被生生挖走，扩路，盖高大上的商场、购物中心，鱼和熊掌，必舍其一。

青城公园和满都海公园都有老柳树，它们大都歪斜着身子，临水而站，好像不这样，就支撑不起那些逐年发出的新枝条。这些老柳树中，一定有我从前见过的。年复一年，我的年岁在长，它们的年轮也在一圈圈增加。同样的生命，不一样的付出，人与树，总是相随相伴，成为彼此的需要和点缀。民间有“柳条青、雨蒙蒙，柳条干、晴了天”的说法，这是经验，对种地的农民有帮助，可以据此适时调整田间劳动的安排。

中华文化中，用离别赠柳来表示难舍难分心意的习俗古已有之。过去文人临别，大多诗情画意、折柳相送，愿友情能如春常在。因“柳”与“留”谐音，在过去年代，埋葬故去的老者，必在坟茔之侧插柳，以此表达永别之情，以及对故人的长久怀念。

春柳是迷人的，也是最富诗意的。每每仰望一棵柳，“玉树临风”这个词就会闪现而出。这是一个成语，形容男子风度翩翩、俊秀潇洒，如玉无瑕，这样的颜值，加上满腹经纶，该是多少女子的倾慕对象呢。

“清江一曲柳千条，二十年前旧板桥。曾与美人桥上别，恨无消息到今朝。”我不是美人，也未曾与谁在旧板桥上相别过，可如此诗意，一旦与柳相遇，还是有些浮想联翩。

我喜欢站在湖边看柳。那千条万条的绿丝绦，一条条悬垂在湖面上，钓风，钓雨，钓花香，钓云朵，钓明月，钓人间风情万种。那条条柳丝还像珠帘，分隔着两岸的风景，也融合着两岸的风景。很多鸟在柳树上跳跃、鸣叫，辩论一样热闹。假如有只猫忽然蹿上树，鸟受了惊吓，一定会轰然散去。

“千丝风雨万丝晴。年年长短亭。暗黄看到绿成阴。春由他送迎。”

年复一年，从朦朦胧胧的柳绿，看到绿荫浓浓，直至柳絮翻飞如雪，春和夏，已在不知不觉中完成了交接。

我在湖边看柳树时，柳树也一定在看我。

# 等花开

那棵熬过冬天的大白菜忽然变得不安分了。先是砰一声炸得开膛破肚，两三天后，炸裂的口子里，竟然冒出根花薹。我笑了。哦，你知道春将至，是急着要开花儿呢。

好吧，剔除掉多余的菜叶，我用一碗清水养育菜根，等花开。

水是生命之源。南窗下，阳光里，那花薹仿佛拔节有声，顶部和叶芽间，魔术般变出相互拥挤的无数花蕾，一天一个样，由小变大，由绿变黄，由浅黄变深黄，继而噼噼啪啪，开出油菜花的样子。“水中仙子来何处，翠袖黄冠白玉英”，这是前人对江南水仙的形象比喻，不过此时我眼里的白菜花，绝不比水仙逊色。

小时候没有指甲油，染红指甲只能等到夏天，得用凤仙花。村里的老奶奶管这花叫海娜，是漂亮女孩儿的名字。小海娜才只有几片叶子时，我们就成天蹲在花池边守着。大人说，着急也没用，等着吧，总得等海娜长到开花儿，海娜苗的红根壮实了，要不然染也白染，根本不上色。那就等花开吧。我浇水更勤了，决不允许花池里有一根野草，如果天太热海娜发蔫儿，太阳下山后，还得用铁皮喷壶给花苗淋浴。那花似乎通人性，也懂得感恩，知道我们急着想染红指甲，披星戴月地噌噌往上长，没多久就开花儿了。

算不上花痴，却喜欢所有开花的植物。曾经为见证实昙花一现，我亲自养了一盆昙花，静等花开。那洁白的花儿是开在晚上，娇嫩丰腴，清雅秀丽，从慢慢舒展到慢慢闭合，总共用了四个多小时。花期果然短暂。

还有夜来香。“夜里开花，奇香无比”，这是北京卖花小贩跟我说的。一九八三年花费了一块五毛钱，买一盆小花苗带回呼和浩特，且养且期待。盛夏某日，与家人在院儿里纳凉喝茶，忽闻阵阵香气，跑去西墙底花棚里看，是夜来香开了。

过去的塞北，冬天只有少数几种盆栽花：扶桑、令箭、四季海棠、玻璃翠、倒挂金钟、对头莲、洋绣球，如果春节哪一株开不出花，主人一定会用红的、粉的皱纹纸扎几朵假花，安置到绿叶间，足以乱真。

某年春天，友人送我一包花籽，说这花开出的花儿是干的，我一定会喜欢。

“干花”是个什么花?

把希望埋进阳台花盆，等待出苗，等待开花。其实是期待，是盼望。那真是一个漫长的过程，从清明下种，一直等到差不多七月中旬，天天看，终于看见植株顶端有了花骨朵。很快就等到开花了！果真开出菊样干花，一朵朵泛着麦秸草的光泽，实在神奇。白的、粉的、紫的，一花一梗，朵朵挺拔。等那花儿彻底绽放，又不到结籽的程度，便一朵一朵齐根剪下。花期快要结束时，花瓶里已攒了一大把常开不败的干花。这花有个小秘密，只要用水淋湿，马上会羞而闭合，收缩成一个一个花骨朵，之后又随着水分的散去，花骨朵再次慢慢舒展。我总能听到花开的声音。

很多时候，泡一杯菊花或金莲花，看花儿在水中缓缓开放是第一目的，饮用反倒成了次要。南方不需要等花开，那里一年四季天天有花看，好像那些花永远也开不累。塞北却不同，一到秋风阵阵、落叶飘飘，街上偶有的几朵花也很快就消失了。

冬天的花儿都开在温室里：一品红、仙客来、三角梅、蝴蝶兰、蟹爪兰、火鹤、杜鹃，还有许多叫不上名儿的。倘若各种颜色的迎春花摆在一起，那可就要过春节了。

差不多是三月中旬吧，再强的冷空气，再厉害的倒春寒，也无法阻挡塞北花信风的吹拂。也许只隔了一天，遥看街边的槐树柳树，已经有了雾一样的绿意。仔细看那桃杏梅李，呀，什么时候长出的花骨朵呢？见有人折一小枝匆匆离去，想他一定是等不及了，要拿回家泡在花瓶里早点儿看花。

上丙成画室寻茶喝，他正执笔在案前涂红抹绿。宣纸上开着荷花、梅花、兰花，还栖着禽鸟，飞着蜂蝶。纸上也有脆嫩的纤纤柳枝，有七只黄嘴儿小毛鸭围着一钵水，春的气息，花的气息，便从那纸上发散出来。谁还会想着喝茶。

手机上有关花的消息越来越多。公主府公园的桃花三月底或四月初开，乌素图的杏花四月中旬开，满都海公园的桃杏已花蕾满树，友人小区向阳处的婆婆丁似乎已抢了第一名。

三月最后一天，居华园连翘树上开出了零零星星的小黄花，很多摄影师正聚在内工大校园里拍摄玉兰花，我在等内师大的晚樱绽放。

# 等雨来

一脚踏入春天的门槛，觉得这是一个名副其实的暖春。

暖春就该有暖春的样子，比如你看，公园里这些花儿，就开得比往年早，草和树，也同样绿得比往年早。但对于春天，除了花红柳绿风筝飞，似乎还缺少点什么。

你说对了。雨。当然是雨！

不光我在盼雨来，等雨来，那些草啊、花啊、树啊、鸟啊，湖边的石头啊，地里的小虫子啊，都在盼雨，都在等雨来。

雨来了，风就真的要甘拜下风，毫无脾气可耍。扬不起尘，吹不动土，却是被软软的柳条婀娜着，被静静的湖水皱褶着，被小儿手里的风车转动着。平常灰头土脸的风，这回可是被雨给洗干净了，可以说出落得一尘不染。

雨是上帝派来的清洁工。清洗山，清洗河，清洗桥，清洗路，清洗空气，清洗草木，清洗农田，清洗天上的云朵，清洗树上的鸟窝，清洗奔跑的火车和汽车，也清洗浮躁的人心。雨洗过的世界，实在舒服！我就有这种感觉，心情好的时候，真想去和每一朵戴着水珍珠耳坠的花儿说说话。

土里的种子和蚂蚁也在等雨来。雨来了，细细绵绵的，不声不响的。种子和雨心有灵犀。雨的味道，清凉而潮润，种子闻见了，急不可耐，想发芽，想快快钻出来晒太阳。蚂蚁也一样，打开洞口，先呼吸呼吸新鲜空气，然后大群工蚁出来，一路狂奔，兴奋地冲向不远处赏花人歇息时掉到地上的面包屑。真是一冬天没有吃过的美味，得赶紧拖回去，给蚁后和其他蚂蚁分享。

还有蝴蝶。雨来之前，我不知道蝴蝶都藏在哪里；雨来了，先是白粉蝶，后是各种各样的花蝴蝶，这儿一只，那儿一只，翩跹飞来，在花间飞来飞去，和人捉迷藏。

塞北头一场春雨，是充满诗情画意的及时雨。杏花春雨，梨花带雨，巴山夜雨，那梅花呢？别急，一滴雨落在一个花蕾上，就惊醒一朵梅花的梦；一千滴雨落在一千个花蕾上，就惊醒一千朵梅花的梦；一万滴雨落在一万个花蕾上，瞬间，就惊醒一万朵梅花的梦。夜里，天上的月亮跳到雨洗过的湖面上，我猜想，那月亮是想在水里发芽，然后长出一万个月亮，去和岸上的梅花约会。

一帘春雨，一帘幽梦，一片相思。

光阴里，一位女子，四月天，于烟雨重楼，款款而至。她走过石板街，走过老城墙，虔诚转动大召的“玛尼”经筒；梵音深处，是凄美而忧伤的歌声：“那一天，我转动所有的经筒，不为超度，不为来生，只为你的温暖。那一世，我……转山转水转佛塔，只为途中与你相见……”

一场风刮过另一场风，一场雨走过另一场雨，海棠依旧醉日，相思依旧绵长；当季节再一次轮回，等雨来，能否让寂寞和等待在春天发芽，长成欢喜。

# 秋美丽

高明霞老师发了个朋友圈：十月内大的校园叫——秋美丽。

这还不够，高老师又在女儿的建议下，给校园起了个蒙古族名儿：高雅涵娜穆日。

是啊，树叶被风雨霜寒染成五颜六色的秋天，不光内大校园，目光所及，哪里都是“真美丽”。

很难断定，也无须断定哪种颜色最美。大自然的调色板中，仿佛任何一种都恰到好处，深深浅浅，浅浅深深，所以高老师给秋天的校园起名叫“秋美丽”，亲切又贴切。

秋色是寒冬到来之前的最温暖，哪个画家能把颜色调到如此饱和明快？谁的画笔又能描摹得如此生动自然？

绿地，公园，大好河山；左看姹紫嫣红，右观层林尽染，我们追寻美的脚步，像上了电动发条，根本停不下来。

这个季节，所有植物，开花的或不开花的，结果的或不结果的，草本的或木本的，年轻的或苍老的，此时都使出自己的撒手锏，只为不负秋光不负美。

年轻时我酷爱读书，也酷爱抄抄写写。我的书和读书笔记里夹有很多树叶，那是我经过的很多个秋天留给我的美丽印象。起初只是柳树和杨树的叶子，后来又增加了榆树和丁香的叶子，槐树和杏树的叶子，珍珠梅和五角枫的叶子。我还在一本诗集里夹过粉色矮牵牛花和紫色远志花，等到走入婚姻，开始忙碌一家三口的柴米油盐酱醋茶，哪还顾得上这些闲情雅致。

如今回过头想才明白，原来写作也是一条“贼船”，上去，就很难再下来。二〇〇九年秋天，贼心不死的我和其他很多人一起，考上了内蒙古大学文研班。

一个姹紫嫣红的季节，一帮姹紫嫣红的中年男女，用键盘敲击着姹紫嫣红的文字，成全着各自姹紫嫣红的梦想。。二〇〇九年，内大南校区的秋天，我们在翻飞起舞的落叶中，做着无怨无悔的自己。入学后不久的十月二十三日，由内蒙古大学 2009 级文学研究班学员组成的内蒙古青年作家采风团乘车从南校区出发，先后参观游览了位于内蒙古师范大学和林校区的中国少数民族文学馆、和林格尔盛乐百亭园、盛乐博物馆，这标志着我们文研班采风活动正式启动。

徜徉在中国少数民族文学馆，我想于星光灿烂处，借一点智慧和灵巧，让自己手中的笔也可以春风化雨。为提高文研班学员的文学创作实践能力，二〇一一年十月，内蒙古大学文学与新闻传播学院组织我们 2009 级文研班四十余名学员赴阿拉善盟额济纳旗，进行为期一周的文化追踪和采风活动。

在校三年，我们上课、研讨、采风、放创作假，每个人都憋足劲认真学习、刻苦写作，争取不负流年，更不负奋斗的自己。

如今，十多年过去了，我们这届文研班毕业生，不能说为内蒙古的文学事业做出多大贡献，但至少还是有不少作品涌现的。

高明霞老师说秋天的校园叫“秋美丽”时，正坐在电脑前敲击键盘的我恍然觉得，我正走在校园内某条秋色正浓的小路上……

海棠红了，秋草黄了，树叶落了，冬天来了。

冬天来了，春天就不远了。

# 红玉米

我把没有发展前途的花草通通处理掉，开始在阳台上种菜。

菠菜、香菜、生菜、莜麦菜、小白菜、西葫芦、黄瓜、秋葵、红薯、豆角、圣女果、西红柿、朝天椒、柿子椒，我都种过。有的收获大，有的收获小，有的干脆没收获。我在洗脸盆里种过土豆，可能是浇水太勤，又没怎么好好晒上太阳，当然也可能是缺肥，土豆苗长到和我差不多高时仍不见开花，麻秆儿一样瘦弱的身躯有一天忽然杵倒在地，折而断之，土豆种植宣告失败。

小菜种腻了，我想让阳台农场升级，就种了几棵玉米。种子是下乡时看着稀罕和农民讨要的。

玉米不同于小菜，只有盆大土多肥水足，才能长成玉树临风的样子，才有收获的希望。

小时候院儿里种玉米，要提前把上年留下的种子泡得发芽，然后计算好株距，一锹一个半尺深的坑，先往里倒半瓢水，再丢下三四个发出黄芽的玉米，两只脚一左一右，盖土踩实。不日出苗，噌噌噌，长到一拃多高，每窝留一棵最强壮的，其他除去。

阳台上种玉米就简单多了。选个又大又深的花盆，把干玉米种子埋进土里，浇上水，等待出苗。我还种过伊拉克枣，因为心急，隔几天就要刨开土看看，煎熬了一月有半，终于，枣核发芽了。后来我陆续吃陆续种，现在已长出剑指苍天般的十多棵。不过我根本不指望能结出枣来，只是想证明伊拉克枣只有蒸过或者煮过，才能发芽长叶。

玉米呢，比我想象的长得快多了。好像没怎么在意，根本没给我刨出来看看的机会，就长到一尺多高。我多了一项任务，用塑料卡子泡羊粪砖给玉米上肥。肥水暗红色，浇到盆里，简直臭气熏天，不过玉米却长得欢天喜地、高大强壮。眼看就要超过我的个头时，顶部冒出一穗花，叶间长出两个吐着线形花柱的小玉米，我那个高兴劲儿就别提了。

阳台上没有蜜蜂，也没有大风，异花授粉只能靠我来完成。但我远没有蜜蜂和风的责任心，完全不顾及雌花和雄花的感受，工作做得敷衍又潦草，让本该相遇的彼此一次次擦肩而过。

当爱情之花凋零，不光是之前孕育着希望的小玉米，就连那一片片碧绿的玉米叶，也显得萎靡不振，开始无精打采地对付着一天又一天。我不是个好主人，我愧对阳台上种着的红玉米。

我对红玉米有着特殊感情。

一九七九年，我家盖新房，压栈那天，永圣域奶站的叔叔们开车送来一大麻袋玉米，个个颗粒饱满、腰身挺阔，顶端外漏着红宝石一样的十几颗玉米粒。那是我第一次见到红玉米，彻底颠覆了我觉得世界上只有黄玉米和白玉米的认知。从个头和成熟时间看，红玉米应属大日期，味道和口感都优于黄玉米和白玉米，即便外皮发黄看着很老，煮熟却是香甜适口。

那一麻袋红玉米我们放入院子里的石砌菜窖，断断续续煮，断断续续吃，有时去上学书包里还装一个，课间当零食吃。后来开家长会，老师告诉我爸说我上课总爱吃零食，那些零食当中就有煮熟的红玉米。红玉米之所以留给我的印象深刻，主要是因为它的甜。都放好多天了，糖分和水分却少有流失。我因喜欢，就选择了记住。

第二次见到红玉米，已是三十八年后的二〇一七年。

尽管种在阳台上的红玉米只收获了区区八粒，但我依然无比欢喜，因为我种的是怀念。

# 看星星

小时候生活在农村，太阳下山后，大地很快变得一片漆黑，伸手不见五指。

十五瓦的电灯泡吊在房顶上，是全家的光源。院子里没灯，村道上也没灯，远远近近都不见一盏灯。如果两个小孩儿从不同的院子里往出跑，很可能黑灯瞎火撞在一起。那样的黑夜，最适合看星星。

我们看星星没有目的，也不懂什么星座呀银河呀，就是瞎看，看星星在天上眨眼。一闪一闪，一闪一闪，有时觉着没意思，就作鸟兽散，呼啦啦回家睡觉，不看了。

有时突发奇想，把照路用的手电朝天一举，看能不能把天上的星星照得更亮。如果被大人看见，就骂我们瞎费电。买电池要花钱，可惜那时没有充电电池。

我爸在工宣队的时候，从进驻的地质局小学拿回很多课外读物，其中一本里有张表，我妈指着上面一个由点和线连成勺子样的图形说：“这是北斗七星，到天上去找找。”

其实那图形古人称其为“舀酒的斗形”，是由大熊座的天枢、天璇、天玑、天权、玉衡、开阳、摇光七星构成。

看星星是个累人的活儿。总那么仰着头，脖子疼，眼睛发酸，有时盯的时间长了，还会流眼泪和清鼻涕。我也数过星星。一颗两颗三颗，四颗五颗六颗，七颗八颗九颗，数着数着，就把自己数糊涂了。天上的星星实在太多，几个人一起数也数不过来。

找北斗七星就更难。不同的季节，不同的时间，北斗七星出现在天空的方位有所不同。所以，聪明的古人就根据初昏时斗柄所指的方向来分辨季节：斗柄指东，天下皆春；斗柄指南，天下皆夏；斗柄指西，天下皆秋；斗柄指北，天下皆冬。斗柄，就是我们眼里的勺把子。

有几次我们找到过北斗七星，越看越亮，看着看着，那七颗星就连成了一把勺子。但我始终没找见北极星，也没找见过牛郎星和织女星。

夏天的夜晚，我看到过一条很亮的带状云，闪闪烁烁，像蒙着一层白纱，那就是银河。传说每年阴历七月初七，很多喜鹊联手，在银河上搭起鹊桥，让牛郎织女在桥上相会。

我见过日食，也见过月食，但没见过星食。大概是天上的星星太多，即便有几个食过，也根本不会被人注意到。

冬天看星星，尤其刚刮过一场风，天是深邃的，黑蓝的，感觉那闪闪的星光带着寒气，箭一样，一股一股射到地上，又反弹起来，射到我身上。夏天呢，屋里热，待不住，就跑到星空下，吆五喝六，东跑西奔，累了，随便坐在石头上或木头上歇着，抬头看星星。满天的星星一闪一闪的，闪出一地清凉的风。

我看到过很多次流星。它们拖着一条亮尾巴，在天上一划而过，不知一头栽到了山里还是海里或是树林里，反正是栽到了我去不了的远地方。现在知道那叫天外来客，落地后成为陨石，很值钱。陨石密度大，有时看着块儿小，却抱不起来。当星星变成陨石，就完全没有了天上那一闪一闪的光和亮，被贾平凹称为“丑石”。

有一次，我去后院儿叫爷爷吃饭，返回前院儿时，一抬头，被天上的星星吸引了。那天没有月亮，星星很多，我想找北斗七星。爷爷在前面走，我在后面跟，仰着头，迈着步，忘了看前面的房子，等一头撞上去，满眼的星星，比天上的亮多了。前门牙把上嘴唇磕破，流了很多血，瞬间肿起有一寸厚的包，和我从独轮车里一头杵到地上那回一模一样。幸好牙还在。

后来我就对星星不感兴趣了。大概是因为我长大了。

## 看月亮

爷爷指着天上的月亮说，那里住着嫦娥，嫦娥抱着兔子。这我知道，我家墙上有张画儿，画的就是嫦娥怀抱玉兔衣袂飘飘奔月而去。

爷爷还说，有个叫吴刚的男人，不知犯了什么错误，被天神发配到月亮上，罚他砍伐桂树。那是一棵永远砍不完的树，边砍边往出长新枝叶，估计吴刚到死也砍不少一片树叶或一朵桂花。

我才不管嫦娥和吴刚呢，那是大人的事情。总归，有月亮的晚上就好。和白天有太阳一个道理，证明是好天气。月亮地儿里玩儿打仗，简直太有意思了。我家有剧团的道具刀和道具枪，玩儿的人个个有份儿。扛的，举的，抱的，刺刀和大片儿刀上那银粉被月亮一照，居然寒光闪闪。我们称自己的队伍是“敌后武工队”。

月亮是个大圆盘，十五圆，十六圆，其他日子如何圆缺，我就不怎么在意了。

最好看的是月牙，弯弯如小船，一会儿在这儿，一会儿又慢慢地挪到那儿，和我们小孩儿一样爱动。

阴天的时候月亮去了哪里？大人说，阴天时，月亮躲在云彩里。如果八月十五那天夜里没有月亮，那是最好的，云遮月是丰年好兆头。那赏月呢？供在院子里的那些瓜果梨桃和月饼，又给谁看？这个问题细想起来很麻烦，所以我从来不去想。有就有，没有就没有，丝毫不影响我吃水果吃月饼，也不影响我们一帮小孩儿东奔西跑，去看谁家供桌上的供品最齐全。院子里有电灯照明，我们不用为光线操心。

姥姥家在绥远城外的南护城河边，整个夏天，我们都在河里或河岸玩耍。白天项目多，摘花，拔草，扑蝴蝶，下水捞蝌蚪、捞小鱼儿。最好玩儿的是晚上，点火熏蚊子，扔鞋扣蝙蝠，下河踩月亮。

天色晴好，月亮倒映在河水里，河水里就有了一面圆圆的镜子。

用手划动河水，月亮做的镜子，就随着那波纹摇晃。我们手越快，水纹的波动越大，月亮摇晃的幅度也越大，歪歪扭扭不成样子。要是两脚站在水里的月亮上，不停地踩来踩去，那月亮就碎成一大片，看得人眼花缭乱。等手脚都玩儿腻了，上岸，再看那水里，刚才散碎的月亮，又复原成圆圆的像镜子一样的月亮。

姥姥坐在月光里的小板凳上，手摇芭蕉扇，眼睛却看着天上的月亮。

那里不光有嫦娥、吴刚和兔子，还有一座山。

顺着姥姥的视线，果然看见月亮上隐隐约约有座山。那山的颜色和形状，就好像是大青山的颜色和形状；区别在于，我后来爬过大青山，可月亮上那座山，估计没人能上天去爬。那根本就是不可能的事儿。所以大人说话总是很夸张，什么要星星给星星、要月亮给月亮，谁见过？

最惹人喜欢的是雪后天晴的月亮，像刚擦干净的镜子，纤尘不染。照亮雪地，那是真亮，和白天差不了多少。我们在雪地上踩出的脚印清晰可见，刚刚放到矮墙上雪窝里冻着的黄萝卜清晰可见，刚从糖厂拉回的甜菜渣子冒出的热气也清晰可见。月亮是不用电的灯，能照亮整个世界。

八月十五烙“月光”，我妈在那圆圆如月的面坯上，用锥子刻画出一个大大的“月”字，一个像人一样站立着、两只前爪抱杵在碓臼里做捣制状的兔子，兔子旁边是一棵茂盛的桂树。可兔子在捣什么，我似乎从来没问过，大人们也没说过。反正这个总会出现在“月光”上的画面，中秋夜供过月后，和那些簇拥其左右的各种水果，都被我们一口一口吃进肚里了。

传说中秋节的晚上，如果在葡萄架下放盆清水，水里放面镜子，就能看见月宫里的嫦娥和她的玉兔。我没试过，一是我忙于玩耍，顾不上；二是我妈说镜子怕水，不能泡，怕用水泡坏梳头时看不见好赖。当然有信的。一盆水，一面镜子，一个蹲在葡萄架下的小身影。等得都快睡着了，盆里和镜子上还是什么都没出现，飞虫都懒得飞进去一只。

有次天黑后，我和几个小孩儿去生产队的黄瓜地里偷黄瓜，月亮成了我们的好帮手。不用瞎摸，直接能看见蔓上那些诱人的黄瓜。可因为做贼心虚，我还是被黄瓜刺儿狠狠扎了手指。此生做贼仅此一次，估计被月亮立此存照了。

很多年后，我在草原上还看见了传说中的红月亮。方知这不是传说。

# 老　莲

微信可真是个好东西，不光能聊天、能收钱、能花钱，还能动动手指，就知道亲朋好友都遇见了什么开心事儿。

今天，边喝茶边翻手机，一眼看见高明霞老师发的红艳艳的三张照片，还有一段文字：“我家老莲又开了。称它老莲，是因为它在我家生活了四十多年，好像比我入门还早，是从婆婆家搬来的。每年冬季草木凋零时，它静悄悄地绽放。去年我们外出三个月，它一直等到春节后我们回来。今年早早地开了，笑盈盈地等我给它拍照。”

“老莲”“笑盈盈”“等我给它拍照”，多美的描述，多美的画面感啊。

我知道，这老莲是有学名的，叫“朱顶红”，花语为：渴望被爱，追求爱。古代为官者喜欢戴红色官帽，因此，在中式家居里，那硬木雕刻的花凳上，置一盆朱顶红，有鸿运当头、富贵荣华、喜庆吉祥之意。而在民间，因其绿叶葳蕤成簇，花开背靠成双，又被亲切地称为“对头莲”，象征夫妻和美，家业兴旺。

想来，天长日久，东西可以熬成老物件儿，酒可以熬成陈酿，树可以熬出老桩，人可以熬成老头、老太太，如今又有老师家的一盆莲，居然熬成通人性的老莲。

我也是恋旧之人，家里摆设没几样新的，老掉牙的铁皮暖壶，没人要的铜火锅，少珠子缺档的木算盘，我姥姥娘家传下来的纸筋油葫芦，婆婆的婆婆用过的梳妆匣子和洗衣棒槌，我爸四十年前从南方坐火车背回来的小竹凳，计划经济时期我妈用碎布头拼出的花瓣枕头，各种有年代的小物件儿更是不计其数。抽屉里也全是老旧之物，我爷爷、我大爷的选民证，我爸我妈的小学毕业证，我的自行车本儿，过去的粮票、雪糕票，“非典”时期村里给发的出入证，反正都占个“老”字。

我喜欢这老莲，因为我也养过一盆，比老师这盆年轻，开的花却是一样的。二〇〇九年，我曾用那红花绿叶的朱顶红做过博客头像，可惜几年前，因为阳台冬天太冷，自己又嫌每天搬来搬去麻烦，好几盆老莲只能和其他花花草草一起，被请进了垃圾车。

现在，我家里还养着两盆绿植，一盆是多年前从娘家搬来的山影，一盆是多年前从婆家搬来的虎皮令箭。这两盆花虽然年限都长不过老师的老莲，但我一定要把它们养成未来的“老山”和“老虎”。

# 感　恩

感恩是一种品德，也是生活中的大智慧。

感恩生活，感恩社会，感恩大自然，感恩身边的每一个人。

就像那首老歌所唱：生活是一团麻，生活是一杯酒，生活是一片霞，生活是一条路……我觉得，生活更是一棵结满感恩果的大树。

谁懂得感恩，谁就能拥有正确的人生观、价值观和世界观，不管富有还是贫穷，日子都会过得阳光灿烂。他人给予我帮助，我便牢记在心，并在他人需要帮助的时候，义无反顾。

我们常说的“吃水不忘挖井人”“谁知盘中餐，粒粒皆辛苦”，都是在感恩。

事实证明，谁对生活时刻怀有感恩之情，谁就能永远保持健康的心态、完美的人格和进取向上的信心与动力。

“哀哀父母，生我劬劳”，我们最应该感恩的，是把我们带到这个世界上来的父母。

对父母真正的感恩，是庸常、内敛又润物细无声的。

感恩父母不需要摇旗呐喊，也不需要任何形式，更不需要任何形式的表示或表达。就拿现在时行的感恩节表演，众目睽睽之下，学校安排孩子们对着镜头给自己的父母洗脚，想想都别扭。

你说，哪个父亲或母亲能捂着满鞋壳子脚汗出场，当然也不能穿着有窟窿的袜子出场，不能顶着半月二十天忙得顾不上修剪的长趾甲出场。为了配合感恩表演，爸爸妈妈们得提前在家用香皂洗脚，修修趾甲，找双又新又好看的袜子穿上。穿鞋穿衣也得像过节，决不能给孩子丢脸。一番表演摆拍，折腾得大人孩子都身心疲惫，这有组织的“感恩”，变味成了添乱和作秀。

真正的感恩，是你要记住曾经获得的所有恩情，把感恩的心，像接力棒一样，一直传递下去。

听我妈回忆，我出生的那年冬天，正下着雪，几个月大的我忽然得了急性肺炎，高烧导致小脸儿通红，昏睡不起。心急火燎的我妈抱着我，坐一辆人力三轮车进城找大夫给我看病，我爸骑自行车紧随其后。

因为病情严重，先是离家最近的新城医院拒收，接着市立医院拒收，中间还有一家什么医院也是让我妈抱着我赶紧走，怕我死在他们那里。等奔波到旧城北门外省医学院时，我已气若游丝。这一次，我遇上了好大夫。我妈告诉我，大夫检查确诊后，一刻也没耽误，立马开始抢救性治疗。一边输氧，一边输液，第二天早上查房时，我已逃离鬼门关。

几十年时光流转，我虽然不知道那个救过我命的大夫是谁，但一颗感恩的心，让我时时想起她。想她握着听诊器的手，想她握着小锤儿敲打我脚心的手，更想她怒不可遏抓起电话，向卫生局投诉那三家不救死扶伤的医院而气得微微发抖的手。

人到中年，我们上有老、下有小，偶尔也会抱怨生活的不如意，但绝对不能忘记感恩。

感恩父母，感恩朋友，感恩素不相识却在你有困难时把手伸给你的每一个人。

感恩阳光雨露，感恩草木庄稼，感恩河流山川，感恩草原上的牛羊，感恩能孕育光明的黑暗。

其实，我们的世界，就是一个充满帮助和爱的世界，是一个充满感恩的世界。

# 山那边

与城一山之隔的山那边儿，整个七月和八月，简直把人美醉了。

先是油菜花开。

你站在山那边的花田里，恍惚间，以为头顶飘过的云朵本不属于武川或乌兰察布，而属于罗平、兴化、婺源、汉中。没错，北方的油菜花一样黄得水嫩明艳、伶俐鲜活，黄得铺天盖地、引蝶招蜂，黄得让路人甲、乙、丙、丁紧紧踩住油门儿。对，拍照，拍照，再拍照，然后发个朋友圈儿，和大家分享美景。

采蜜的蜜蜂简直忙晕了，在我眼皮子底下不顾一切地飞来飞去，有一只竟然冷不丁撞到我扬起的下巴上，吓得我差点儿喊叫出来。

放蜂人也忙，忙着在太阳底下晾晒黄灿灿的花粉。

我说："你今年又来了。"

"可不，我们就是跟着花走；从南到北，年年一个来回。"

"明年花开还来？"

“那肯定!”

夹杂在油菜花田间的土豆也开花儿了。白花和紫花，高一枝，低一枝，一垄挨一垄，被又肥又厚又绿茸茸的叶子簇拥着，想不好看都难。

这个季节，我年年翻山越岭，也为看这一眼望不到头的、星星点灯一样的土豆花。因为喜欢，我曾在阳台上种过一盆土豆，可能是光照和肥水出了问题，光长个子不开花。

能被所有人钟爱的，应该是那向日而生的朵朵葵花。

在四子王旗，葵花不叫葵花，也不叫向日葵，叫朝阳阳。我太喜欢这个名字了，听起来像爹妈站在院子里喊我们小名儿一样亲。向日葵的花语也很独特，代表着光辉、信念、忠诚、爱慕、高傲，以及沉默的爱和追求幸福的勇气。

那天，我小心拨开向日葵蒲扇般的叶子，慢慢走进向日葵花海深处。阳光从花叶间细碎的缝隙漏下，蓝天从花叶间细碎的缝隙漏下，蜜蜂的嘤嗡从花叶间细碎的缝隙漏下，呼啸而过的鸟鸣从花叶间细碎的缝隙漏下，女儿喊我的声音，同样从花叶间细碎的缝隙漏下。我心醉于此，钻在这花海间久久不愿出去。向日葵花海边上的公路一侧，几十辆小汽车打着双闪首尾相接，遍地都是看花人，我却在另一侧看风景。

山那边，你不能忽略，也不可能忽略的，还有像雾像雪又像霜的荞麦花。

早先在山前我也见过荞麦花，都是巴掌大一片，势单力薄，看不出什么名堂。几年前我第一次去山那边儿，简直被霜雪一样的荞麦花给惊呆了。好大一片，真不知尽头在哪里。风一吹，远远近近，那碎纷纷的花摇摇曳曳，看去像弥散的雾，像轻飞的雪，也像落在红秆绿叶上的薄霜。总之，就是整块花田都朦朦胧胧离地飘起来的感觉。你的眼神和思维也飘起来，飘到洗尽铅华、娇小典雅的白花红蕊间，飘到一张薄薄的荞面欻饼上，飘到一碗荡着红油绿葱花儿的宽汤荞面拿糕里。还有一群蜜蜂，在花的雪雾中不知疲倦地采集着甜蜜和芬芳。

这小小的荞麦花，竟然还被大诗人白居易写入《村夜》：“霜草苍苍虫切切，村南村北行人绝。独出前门望野田，月明荞麦花如雪。”管他诗人要表达什么思想或感情，对于看花人而言，只“月明荞麦花如雪”这句，就美醉了。

# 渠水潺湲时

当下乡和聚会撞在一起，我想都没想，果断选择前者。

聚会多容易啊，只要乐意，随时、随地、随组团的事儿。下乡呢，正好相反，像我一直想看的“拉渠”，这次要是错过，就得再等一年。

我高中毕业后曾回村务农过一段时间，对农活并不陌生，对出生在田间地头的那些关乎劳作的词儿也深有感触，觉得那些动词实在太生动、太形象、太有画面感和音乐感了，甚至可以说专词专用，无有替代：赶车，拉土，栽秧，垄葱，间苗，薅草，锄地，打药，插架，浇水，扬场，撒化肥，拔萝卜，割韭菜，摘葫芦，下黄瓜，砍牛心（菜），抹（mā）莴笋，起山药，绑柿子，铲秋菠菜，扛篓子，撇糖菜缨子，切谷穗，削高粱头，还有铡草、饮马、出圈、放羊等。可“拉渠”，我还是头一次听说。

“为什么叫拉渠，而不叫砌渠或抹渠？”

“别急，马上你就知道答案了。”唐工笑着说。

到达项目区，是老乡所说的热红晌午，“拉渠”的准备工作正在紧张而有序地进行。我知道自己吃不住一晒，下车后三步变两步，急忙躲到不远处的阴凉地儿里。正好阴凉地儿里有一条刚完工不久的新渠。渠里有水，是从新打的机电井那儿流过来，潺潺湲湲，拐个小弯儿，流向前面的玉米地。我伸长脖子放眼一望，周围的庄稼都长得可以，一片绿挨着一片绿，再加上头顶毫无杂质的白云蓝天，说风景这边独好，绝不带夸张。

路上海峰就介绍过，今年赛罕区农业综合开发高标准农田建设任务共九千亩，依然是以铺设 U 形衬砌渠道和推广膜下滴灌技术为措施，继而充分提高水资源利用效率，让农民少花钱、少费时间却能多浇地，达到增产增收的目的。这项工程惠及榆林镇的榆林、潮岱、口可板、河南四个行政村。榆林村我去过多次，其他三个还是头一回听说。从村名来看，潮岱显得山青草绿湿漉漉，河南应该在一条河的南边儿，口可板呢，估计和过去的板升有关。我喜欢口可板村那一片开着小蓝花儿的胡麻，蹲在地里照相时还想，秋天胡麻就丰收了，榨出新油炝葱花儿、炒鸡蛋、烙饼、做炸糕，结果想得饥肠辘辘。

还是说“拉渠”吧。

真的是拉。牵引的车头在前，装混凝土的料斗在后，中间是连接两头的长长的钢丝绳。这是个多人通力合作的工作，前边土渠里的车头突突一冒烟开始牵拉，后头跟着忙开了。有添料的，有上水的，有紧跟其后用铁抹子修整瞬间就“拉”出来的水渠的，真是一环扣一环。我边看边问了唐工一个很蠢的问题：“这大热天，又土迷哄眼，你们农发办其实隔几天下来查看查看就行，还用得着天天跟着?”

“那不行，得天天盯着，得确保工程进度和质量。”说这话时，唐工变得很严肃，没笑。

唐工还说，马上就是小暑，紧接着是大暑，今年老天下雨少，得赶紧完工投入使用，不盯不行啊。

“拉渠”仍在进行，我却分明听到了流水声。

那水是唱着歌的，正清清凉凉地流向每一苗口渴的庄稼，也流向我的心里。

# 绿树青山是我家

下机场高速公路向北，过大学城、水磨村，汽车一头钻进雾气腾腾的大青山。

才是早晨五点半钟，天已亮，且正下着小雨，生着白雾。山里的空气干净、清凉、湿漉漉，叫人舍不得关车窗，总想探出头去深呼吸，使劲儿吸几口。

山路就是山路，起起伏伏，弯弯折折，汽车便撞开飘飘忽忽似有若无的雾，忽而贴着山，忽而离了山，高一阵儿，低一阵儿，在前后左右的绿中，走着走着，就到了一个叫黄花窝铺的地方。每年夏天，黄花窝铺一带，绿树青草顺坡而下，在坡底和油菜花相会，那种绿的明艳和黄的妖娆一碰撞，再被青青的大青山一衬托，还有蓝天白云，美景就产生了。也因此，黄花窝铺一带，成了人们进山避暑游玩的一个站点。

风从这边大开的车窗钻进来，随着汽车不停拐弯，嗖一声，带着响又从那边半开的车窗挤出去。我觉着，就连这钻进来挤出去的风，也是绿的，青的，亮的。不禁心生感慨，这几年，随着大青山绿化、万亩草场和草原保护等生态综合治理工程的全面展开，呼和浩特的天然屏障——大青山——越来越秀丽，越来越绿意盎然了；首府后花园之称，也是名副其实的。

夏天的周末，很多人家都会首选上小井沟里，赏赏花，看看景，爬爬山，呼吸呼吸山里带着草味的空气。最重要的，还是为了获得一份好心情。我自己也是，每年不进沟爬几趟山，不上山远眺一下高楼林立的呼和浩特市区，就觉得夏天的任务没有完成好，会时时惦记着。

小井沟生态园区内最高的山峰是平顶山，海拔一千七百六十米，不说景色有多美，反正是碧草连天，花香满地，虫声悦耳，云动山移。成片的白桦林里，有很多可以当卧榻的大石头，累了在上面躺一躺，有斜阳从树叶间一束一束射进来，让人都快有成仙的感觉了。平顶山上，除了一簇簇齐腰高的蓝紫色野菊花，还有一种干花，学名不知道，我们一直叫它落蝇蝇花，据说是因为苍蝇喜欢落在上面而得名。这种花多为粉色和白粉色，也有黄颜色的，但我没见过。每次上山，我都会折几支带回家，插到花瓶里，冬天的时候，只要一看见这花，就会想起山，想起满山的绿，就盼着春天快点儿到来。

每次爬山，我都对那些随手扔垃圾的人耿耿于怀，也一度有过上前制止的冲动，但思前想后，只能无语，并尽自己最大努力，顺手把别人扔掉的垃圾捡起来，带下山，扔到指定垃圾点。有一次在半山腰碰见几个登山的驴友，见他们也在不停地把别人扔到草丛里的饮料瓶子和食品包装袋捡起来，我一下就释然了。

瞬间的耳鸣打断了我的思绪，我知道汽车又在从高处往低处行驶。山里依然雾气腾腾。我忽然有些糊涂，到底是山在雾里，还是雾在山里呢？人和车，是被青山、绿树、小雨、白雾、凉风裹着，一路从大青山南麓去往大青山北麓。

山里的雾变化多端，亦真亦幻。很多和雾有关的词语浮现在脑海中：腾云驾雾，雾里看花，云天雾地，雾锁烟迷，云消雾散。唐朝宰相苏味道五律《咏雾》中的诗句，更是道尽此时山间之雾的全部："氤氲起洞壑，遥裔匝平畴。乍似含龙剑，还疑映蜃楼……"对山来说，迷雾是一种美的笼罩，可对于人生，一旦有了迷雾，可不能坐看，得想办法尽快驱散、摆脱。

前不久，我坐大巴从乌兰花回呼和浩特，不知在哪里的大铁牌子上看见"绿树青山是我家，我们都要爱护她"这样一条标语，联系这次的穿山之旅，就想和大家说，为了我们生活的美好和丰富多彩，一定要珍爱大自然，像爱我们自己的家一样。

# 柳絮杨花飞过

立夏一过，风渐渐热起来，那柳絮杨花飞满天的日子，也该不远了。

果然，季候上的事情，向来是不会有错的。这不，台历才又翻转几页，先是性急的三朵五朵，接着是七朵九朵，然后是更多。她们也许只是借了蜜蜂路过时翅膀舞起的风，便轻轻巧巧离了树，和浓浓的丁香花的味道手拉着手，晃晃悠悠，飘飘然出了树林，出了公园，满大街自由自在玩耍起来。不仅藐视路人的挥之不去，还要调皮捣蛋，趁人一吸气，趁机毛茸茸钻入他们的鼻子。那些人毫无防备，鼻子一痒，冷不丁爆出个吓煞左右的喷嚏。刚才还闲适无度的柳絮杨花呢，早已被喷嚏喷得不知去向。打喷嚏的人也不生气，边走边揉着鼻子自言自语：哦，这家伙！

又是几日后，大太阳晒过，小暖风吹过，满城里便柳絮杨花飞满天了。

柳絮杨花最盛的时候，没风还好，一团团离了枝丫，轻飘飘落到地上，聚拢在一起，平平整整，望过去，真像我姥姥手上絮着的棉花。可一旦有风，哪怕只是气若游丝的一缕，那满地暄腾腾的“棉花”，又不管不顾地趁风扬起，便有了唐人“无风才到地，有风还满空”的好诗句。

也有人因这些毫无自律性的飞行物苦恼，甚至还探讨过要把全城的柳树杨树都砍掉，让柳絮杨花绝迹，以免骑车的、开车的、步行的人们，因为招架柳絮杨花的突然袭击而发生意外。可是，如果真的没有了柳树和杨树，甚至没有了柳絮杨花，那北方，还算是北方吗？

很多年前，我还是个小孩儿，看着村里房前屋后像鹅毛般滚来滚去的柳絮杨花，就跟我妈说，那么白那么干净，也是一团一团的，干脆捡回来当棉花用吧，省了棉花票，也省了钱，多好。我妈说：“棉花是棉的，暄的，暖的，这东西呢，只是帮助种子飞行的工具，不信你去捏一团儿试试看。”

我跑到外面的墙角抓一把揉搓，果然很糙，不仅扎手扎得厉害，还缺乏棉花那特有的暄暖。仔细查看那些小小的种子，尖尖的，硬硬的，真不知它们要用多大的力气，要接受多少阳光雨露，才能发芽生根，长成一棵棵令人羡慕的参天大树。成年后的我同样懂得，父母付出多少心血，才能把曾经像柳絮杨花一样随心所欲又调皮捣蛋的我们，养育成人。

记得小时候在村子里追着杨花跑，被石头绊倒，一个马趴，两个手掌跌得出了血，疼得又龇牙又咧嘴。路过的老奶奶看见了告诉我说，赶紧回家，把这东西烧成灰揞上去，止血。长大了从书上看到，原来柳絮有清热解毒、祛风止血的功效，也是《中华本草》里的一味药材。

我总喜欢在初夏任何一个无人的正午，独自静坐在公园杨柳深处的木条椅上，看柳絮杨花如雾似雪，或缓缓落下卧于脚边，或轻轻飞过浮于湖面，或者飘然而去，不知其踪。

久居闹市，难得有一个这样的好去处，没有嘈杂，没有纷争，甚至没有一只鸟儿或者一只蝴蝶，来搅扰这只有柳絮杨花飞满天的安静。

# 槐花香

每年槐树开花时节，青城的大街小巷，尤其夜深人静，怀一份好心情独自出门散步，一股又一股槐花的香味氤氲在鼻翼间，就好像在你面前冲泡着一杯上等春茶，那味道，清幽幽直沁心脾。

恰好最近事情少，晚上下楼溜达的机会便多了些。

从我住的小区出来，向北走上两百米，一过马路，便是一条由两排槐树掩映着的东西走向的小巷子，我叫它学府花园巷。这条巷子里的槐树，是我看着长大的。这里还是新建小区时，因为道路两旁全是建筑垃圾，种下的小槐树大多新芽还没有长成绿叶就已夭折。看着园林工作者把它们挖出来随手扔到已经堆了好多死树的车上拉走，真是心疼。后来，种树人在补种新树的时候，总要细心地把混在土里的一些砖石和混凝土疙瘩挑出来，再把小树周围的土踩实，浇一次透水。没几年工夫，巷子两旁的槐树便茁壮生长起来。

最美的时光还是槐树花开的日子。此时虽已是夏末秋初，但那一串串卓尔不群的雪白的槐花，摇曳着早晨的清寒、正午的骄阳和夜晚的凉爽，气势绝不亚于春天里的任何一种花的盛开。无须探讨槐树开花的秘密，也用不着对她的残花陨落表示惋惜。就像人世间任何一次小小的别离，再相逢，必是怀着等待已久的惊喜；槐花和我们之间也是如此。

不只是我天天路过无数次的这条小巷，随便走走，在青城的新华大街、兴安南路、昭乌达路，在很多公园和校园，在任何一个住宅小区，甚至在所有的绿地里，槐树的身影真是无处不在，槐花的香气也久久不散。

在青城，槐花完全可以和市花丁香媲美，一个是在春末夏初香了一座城、香了一城人的心，一个是在夏末秋初香了一座城、香了一城人的心。

偶尔，在城市的一隅，槐树开花时还会看到养蜂人的身影。彼时，蜂在花间忙碌，养蜂人在蜂箱间忙碌。他们都是主人，也都是劳动者，都在用辛苦酿造着生活的甜蜜。开满槐花的那条小巷里，白天也有很多忙碌的身影。卖水果卖蔬菜的，卖现挤牛奶的，卖热玉米热馒头的，卖放心早餐现磨调料面儿的，修自行车和钉鞋的……这些小买卖人，其实和大买卖人一样，和每一朵花、每一只蜜蜂一样，都在认真对待属于自己的每一天。

今年夏天，我在城东一处苗圃的小蜂场买到一瓶新鲜蜂蜜。养蜂人说，那段时间正是青城花事繁多的时候，那蜜就该算是百花蜜了。后来，我又买到养蜂人从陕西转场来内蒙古时带过来的枣花蜜，去四子王旗油菜花田旁买过油菜花蜜。这几天正是槐花飘香时，我又开始惦记一瓶营养丰富的上等槐花蜜了。

## 夏天到了

这个时候，虽然寒流仍一股接着一股来搅扰，可夏天确实到了：倾城绿，满城花，蜂飞蝶舞，裙裾飘扬；伞，是五颜六色会走的蘑菇，流动在大街小巷。

“芒种火烧天，夏至雨涟涟。”

“吃了夏至面，一天短一线。”

谚语里的节气，生动有趣，如画若诗；节气过后的夏天景致，岸柳袅袅，荷叶生风。

某日，去青城公园里的市文联取了几本发有我文章的样刊出来后，我独自在园子里闲散地到处走走。路过一座桥。桥边，有个十二三岁的男孩儿正在一门心思捞小鱼儿。我凑过去，略显讨好地沟通一番，他居然很买我的账，把捞鱼小纱网拱手相让。

小纱网在湖水中像鱼一样游来游去，搅碎的是阳光，聚合的是记忆。我恍若回到几十年前夏天的护城河边。那时候我没有小纱网，只有小手一双。不想知道河水从哪里流来，也不关心河水流到哪里去，总觉得只要河里有鱼、有蝌蚪、有漂浮的水草，我们的夏天就是丰富的、快乐的，也是五彩缤纷的。

少年的水桶里，几条小鱼儿划着圈子不停地游动，有时还游得特别着急，好像在寻找一个出口。是不是想重新回到水桶之外的湖里来去自由？这种事，恐怕只有鱼自己知道。就像被爱情网到围城里的张三李四王五。

不是周末，公园里游人极少，我的高跟鞋很有节奏地走过木栈道时，回声四起，打破宁静。忽然想，如果人生也分为四季，那么此刻，应是青春绽放、爱情如莲花般浮出水面的夏季。

远处刮来一片云，云过之处几点雨，雨点落到莲塘里。

塘里莲叶青青，层层叠叠，密密实实，多像男子澎湃的热情；而朵朵莲花，或红粉，或淡紫，或素白，或含羞半闭，或绽放吐蕊，如内敛含蓄又激情洋溢的女子，娉娉婷婷，顾盼生姿；爱在左，情在右，莲花和莲叶，在中间。

佛说，前生五百次的回眸，才换得今生一次擦肩而过。春来春又还，夏至年年至。人群中，他和她，我和你，蓦然回首，并无灯火阑珊处，彼此，却似曾相识燕归来。

记得见过一个谜语，谜面是“夏至”，打一成语。

谁能猜出谜底是“地久天长”，谁的爱情，就会像眼下这满塘无动于衷的荷，到了大暑，按捺不住的激情，定会轰轰烈烈，竞相开放。而秋日残荷，同样是一种别有韵味且引人沉思的景致。

“夏至食个荔，一年都无弊。”

如今，再不是“一骑红尘妃子笑，无人知是荔枝来”的年代，而妃子笑，已成为一种荔枝的代名词。

现在，呼和浩特的超市及大街小巷，随处可见各种新鲜应季的南方水果，荔枝也在其中。还有谁在吃荔枝的时候，会想起当年的美女杨贵妃呢？

# 厂长大人

二〇〇九年，家里安装宽带，我在新浪注册了博客，发发纸媒上已经刊登过的诗文，也在网上写点儿日记。通过网络，和不相识的博友们互相点击，无心栽柳地收获了很多有知识、有涵养的知心朋友。他们当中，有专家学者，有教授作家，有公务员，有私营企业主，有离休干部，也有在读大学生和普普通通的老百姓。很多时候，特别是周末，我们都会在互联网上见字如面，亲切地问候、交谈。与被我亲切唤作大哥的“互动”，印象十分深刻。

大哥远在库伦，那里是荞麦和安代舞的故乡。据说荞麦花开到最旺盛的时候，虽没有名花贵卉的姹紫嫣红，但一大片一大片看过去，也是盛况空前。那时，我虽未亲眼见过大片大片盛开的荞麦花，但通过大哥在博客里的描述，已想象出库伦大地那种花开的盛况了。

我博客里积攒的东西越来越多时，开始担心。会不会在某一天打开电脑那一刻，页面上突然一片空白？这让我忧心忡忡了好长一段时间。也试着往 U 盘里倒腾过一部分，可总觉得那么个小玩意儿，要我百分之百去信任它，还真不容易。

无意中，大哥知道了我的心思，就自告奋勇说：“交给我好了，从头到尾给你打印出来，白纸黑字放在眼前，还怕它丢了不成！”

我高兴得连说：“好好好，到时我请您喝酒——草原白！”

虽然大哥自称是上了年纪的老头，每天又有那么多的工作等着他去完成，可他还是说话算话，除了下基层，几乎每天都在为我这点闲事儿忙活着，让我真有些过意不去。

大哥办事非常认真，我一直以为打印这些东西很简单，开了打印机，它会把我那些长短不一的诗文变成白纸上的黑字，一口气吐出来，高高摞在一起，像准备发出去的红头文件。事实上，大哥并没有这样去做，他很认真地给我的博文分了门类，还编了目录，样本发到邮箱里让我提意见。我哪会有意见，感谢都还来不及呢。

从揽上这事起，在机关里当领导的大哥就自封为“印刷厂厂长”，并乐此不疲，在那里免费为我“出书”。我也没闲着，给自己安了个副厂长的头衔，还口出狂言，要随时检查厂长大人的工作，发现不合格，定要罚酒三杯。

一天，大哥发信息给我说：印刷厂在工作！

我回复：厂长大人辛苦了！

大哥说：日记太多，无法分类，打印目录时好像来回串，不知道哪个打了，哪个没打。

我回复：厂长遇上难题了，加油！

接着又假惺惺地说：大哥，不好弄就别弄了，这已经很不错了，忙完我请您喝奶茶。

厂长大人说：要喝白酒，最好是高度的。

我说：没问题，从今天起我就开始练酒量，争取到时候能陪大哥喝上个五两半斤。

星期日，我上网问候：厂长周末好！

大哥好像就等在那里，马上回复：报告首长，文集已全部打印成册，共四本，每本五十五页，请批示！

我回复：报告厂长，本副厂长双休日一点也不轻松，忙乱如打仗，从明天开始，一直到九月底，我只休周日，而这一天也都给了“没想好”，工作就不检查了，您自己做主吧。“没想好”是我女儿的网名，她正在上高中，是住校生，每个周日回家一趟。

两天后，厂长大人发来个信息，慢条斯理地说：厂子没活干啦，停工待料！

原来，大哥已把我前期的博文一篇不落全部打印、装订完毕，后续的准备每周处理一次，并逐步装订成册。

今年夏天，大哥忽然发消息给我说，一周后，他将到首府呼和浩特参加行业培训，顺便把我的“系列丛书”一并带来。

和大哥见面已是傍晚时分，约好的地方，他在马路那边，我在马路这边，虽然我们从未谋过面，但很有灵犀地在一丈以外就认出了对方。

怀抱着已经出到第十一本的“系列丛书”，给大哥斟一杯醇香浓郁的河套王，说点儿什么好呢？还是什么也别说了，感谢的话都是多余的，此时此刻，就让互联网牵起的这段友情，像库伦满地的荞麦花，虽然平凡，但一样可以装点美好的人生。

# 南湖走笔

第一次去南湖湿地公园，是三年前的五月末，公园刚刚建成对外开放。从市中心南出呼和浩特，顺着昭君路一直走下去，过小黑河后再走大约三百米，目的地就到了。

去之前，想它不过比城里的公园能稍微大一点，至于湿地，因为一直生活在北方城市，对水的概念仅限于公园里那些不太大的人工湖，再有就是城郊接合部的几个小鱼塘，可当我一脚踏入南湖湿地公园的门槛，兴奋和喜悦便取代了一切。

顺着栽满行道树的柏油路蜿蜒而行，走不多远，眼前便出现了一片又一片令人难以想象的宽阔水域。在水面上，天鹅和野鸭子东一家西一家，旁若无人地边游玩边觅食，好不自在。头顶上，在天空盘旋的水鸟欢快地打着呼哨，像是在招呼远道而来的游人，心里不由得升起丝丝惬意，还平添了些许恍惚，这里到底是塞北，还是江南？

今年秋天再去，因为不是周末，公园里游人极少。有的坐在软椅上垂钓，有的站在树下吹口哨和树上的布谷鸟对答，有的漫无目的边走边看天上的云彩，也有的雕塑般坐在水边大石头上静静看水面。总之，每个人都在尽情享受喧嚣浮躁的闹市之外的那种可以慰藉身心的安宁与恬静。

南湖的水真干净，微波四起，清澈澄明，能品出江南歌谣的味道。远远近近的芦苇丛飒飒着风声，摇曳婀娜，婷婷款款。来到有码头的湖岸边，站在木制甲板上向西而望，临近傍晚的斜阳中，南湖的美又是那样充满诗情画意。静静的水面上，潋滟的波光像一条通向遥远的神秘之路，让人深思遥想，在那路的尽头，南湖的水是不是正讲述唐诗宋词里的爱情故事；很多年前的芦苇岸边，季节是否让等待泛黄，守候是否让思念走向冬天的坚挺。而今天，南湖正在上演着崭新的爱情故事。就在此刻，镜头前，美丽的女子正披着婚纱，幸福地倚靠在爱人怀里，任水车转动蓝天，两颗心默默祈祷：许多年后，彼此的情爱，依然能够轮回到今天的暖阳中来。

南湖的天是那样完整，没有被高楼大厦切割过，没有被汽车喇叭撕裂过，是多么令人心情舒畅的天。这种天，在闹市中已很难见到了。比如在中山路，在长长的新华大街，在人流如织的锡林路，无论你站在哪里，从哪个角度看天，无一不是条条块块的，逼逼仄仄的。可在南湖湿地公园，极目苍穹，你的心豁然开朗，忘记忧愁，忘记烦恼，并由此衍生出一种对自然的爱，对生活和生命的爱。

南湖的风也是自由的。它们想去哪里就去哪里，不受约束，也不受阻挡，是真正的行者无疆。不像城里的风，总在身不由己地走着弯路，如同世事沧桑，又似曲折的人生，辛苦而又无可奈何。

作为湿地，南湖不仅是呼和浩特重要的自然生态系统之一，还是人与自然和谐相处的美好家园。环境和气候专家形象而生动地把湿地喻为“地球之肾”“城市之肺”，这是因为，由于特殊的生态特性，在湿地的环境中，微生物活动较弱，土壤吸收和释放二氧化碳的速度十分缓慢，这就形成了极富有机质的湿地土壤和泥炭层，从而起到固定碳和调节区域气候的作用。对于呼和浩特来说，南湖就好比一个健康的人拥有了一个健康的肺，从某种意义上说，她同样在养育着呼和浩特的未来与希望。

现在，每逢节假日，南湖湿地公园便热闹非凡。人们不光来欣赏美景，也来向它宣泄愤懑、释放压抑，但不管哪一种，这里都给予接纳和包容。

南湖，真是个放飞心情的好地方。

# 蜜蜂是花朵的贵人

上个星期日是四月二十三日，那天的杏花，差不多一下子就都开放了。

阳光很好，母亲和父亲在杏树的花香里喝茶，我，站在树下数杏花。一朵，二朵，三朵……其实根本数不过来。

眼前这些大大小小的杏树，是爷爷去世后的第二年开始，才陆续在我家老宅院里安家的，算来已有十好几个年头了。那时，无非是吃了杏肉，随手把杏核朝前院儿一扔，没承想，来年就会长出一棵或几棵茁壮的小杏树。不知不觉，杏树就长到开花结果了。就像我们很自然地由母体分娩而出，从一个个活泼的小生命，生长成一个个大生命，其中的辛苦，只有大地、雨露和父母知道。

年复一年，院子里的杏树越来越多，且陆陆续续开花结果。

杏花开开，贵人来来。

最先到达的，当然是蜜蜂。她们的守时让我觉得，该不是在上一个花季就有所约定？那么多的蜜蜂，那么多的杏花，很难说到底是蜂儿在花影中，还是花儿在蜂影中。就那样在树下走着，默念着，杏花开开，贵人来来，多么幸福的感觉啊！

可是，从花开到花落，不过短短七天而已，我家院子里的杏花，便一股脑儿急匆匆缤纷飞落，只留得满树嫩叶芽儿，生长着花香过后果实们的梦。

三岁的女儿在树影下捡杏花，很认真，很耐心。她把那些已经没有生命与水分的干花一朵一朵捡起来，装在一个小小的玻璃瓶中。装满了，她举着瓶子跑过来冲我说："妈妈快闻，是不是很香？"

果真，我闻到了淡淡的香味。

花儿谢了会有再开的时候，蜂儿去了会有再来的时候，可是，我们如花似锦的青春年华，要怎样才能把它们安放在生命走过的诗页当中。

杏花开开，贵人来来。

三岁的女儿在捡拾花瓣，我在思考人生。

在胭脂万点飞如雪、占尽春风入梦来的杏树下，在父母谈论的家长里短中，我忽然明白，从岁月把轮回的青春赋予人类那一天开始，就注定了一个又一个美丽而温馨的缘分：

蜜蜂是花朵的贵人，

孩子是我们的贵人，

我们是父母的贵人，

所有生命，是大地的贵人。

# 雪的样子

雪，是在不知不觉中下起来的。

就好像有一只神仙的玉手，为着冬天不再寂寞，只轻轻一扬，那雪，便从邈远的天际纷至沓来。

我喜欢于静夜听雪。听雪在枯叶残枝上酿造绿意，听雪在苔园梅林间孕育花香。甚至春雨，甚至荷风，甚至杨柳飞絮。情由境起，境由心生，那雪的丝竹，便袅绕于耳，缕缕不绝。

北方的雪有多种多样。或飘飘曳曳，浪漫优雅，来去匆匆；或沉沉簌簌，幽静清冽，日夜缠绵。不管是哪一种，对于塞北来说，仿佛只有雪落青城时，冬天，才算是有了依靠。

夜幕四合，雪雾笼罩的万家灯火中，赶路的人越来越稀少；没有风，雪中的广场和街巷变得安宁又宽阔。

雪的家是大地。所以，雪不急。雪在路灯和五彩霓虹的映照下，像小夜曲缭绕的咖啡时光，恬静，悠闲，不紧不慢。下着，下着，下着。于是，雪中弯月般的牛桥白了，大召菩提过殿那一排一排的黄琉璃白了，塞上老街的青砖灰瓦也白了。遥望新城阜安门外，博物馆顶部的那匹骏马，也正踏雪临空欲飞。哦，是雪，给了它们白色的梦境，如江南薄雾般美丽温婉的梦境。

雪的样子很美，美得像精妙绝伦的水晶花，玲珑剔透的六角身姿，冰清玉洁，光彩照人。

雪很是调皮，喜欢扎堆儿，喜欢随心所欲，喜欢变成形形色色的其他样子。比如落在墙外的碾盘上，就成了碾盘的样子。落在远处的山上，就成了五线谱一样绵延起伏的样子。落在城外农人整理成棋盘状的庄稼地里，就成了刚刚絮好的、一床又一床新棉被的样子。倘若落在公园的椅子上、木马上，就又成了椅子和木马的样子。

最美的雪，该是纷纷扬扬的鹅毛大雪，如白露来临后随风荡漾的芦花，团团絮絮，絮絮团团，那么轻盈，那么妩媚，那么脉脉含情。就像从《诗经》里走出来的窈窕女子，盈盈款款，袅袅婷婷。那种美，让你一下就想到了蒹葭苍苍、在水一方的浪漫与清纯。

像鹅毛一样的雪片，如孩子般淘气。它们总也乐不够，有时，会拽一缕风，在偌大天空的秋千架上，荡来荡去；有时会一扭头跑过来，亲亲热热和你撞个满怀，并就势贴在你脸上；有时还会趁你不备，带着丝丝凉意，钻入你的脖颈里取暖。

下雪，是孩子们的美好时光。他们在雪的轻歌曼舞中，尽情游戏着渐渐长大的童年。有时，他们会张大嘴巴追着雪花跑。雪花呢，你看，正在孩子们呼出的热气上来回躲闪，来回翻卷。那景致，该是任何高明的画家，都无法用画笔和颜料去完成的一幅唯美图画。

现在，在雪地里，在孩子们费力地滚动一个又一个大大小小的雪球时，我似乎看到了自己小时候的样子。那时的我，流着鼻涕，脸与手和他们一样被冻得通红，也在欢快地滚雪球。可是，今天的雪中，我的童年也如每一片曾经的雪，下过了，不管样子多美，都会融化在经年已久的故事中。

雪依然下得纷纷扬扬。公园的湖岸，大人和孩子们舞动着双手，齐心合力，雪又被塑成了人的样子。柳叶做她的眉，橘子瓣儿做她的眼，还有胡萝卜鼻子，有快餐店里的水果玉米做出哈哈笑的大嘴巴。不一会儿，雪人像变魔术一样，又戴上一顶生日快乐帽，又长出两只海蚌壳儿耳朵。一位年轻妈妈还用她的胭脂，一左一右，给雪人儿擦上了漂亮的红脸蛋儿。天上那些没来得及变成雪人的雪，远远地赶来，和孩子们一块儿，围着这个小可爱手舞足蹈地欢闹着。照相机的闪光灯不停地闪烁，童年和雪的美好，都被抓拍成永远的记忆。

塞北的雪，亦如江南的雾，诗情画意，朦胧缥渺；亦如满城水墨烟云，空灵，至美，不拘一格。

雪的样子很美，美得使人仿佛置身于挂满风铃的童话世界。

# 那块红薯地

我对红薯的感情由来已久。粮食不够瓜来代的年月，北方人家的菜窖里，满架的圆白菜、长白菜外，少不了的两样东西，是土豆和红薯。土豆产自当地，不稀罕，秋收或买或分，大的入窖，小的、不周正的磨山药粉子，甚至煮熟喂猪，喂肥了过年杀好吃肉。产自外地的红薯呢，是各单位派车，去产地给职工拉回来分的福利。一分就是一麻袋，先吃小的、铲坏的，大的和好的才入窖。那时候家家户户晚上都要熬一大锅小米稀粥，根据喜好，与小米一起下锅的，可能还有土豆、大瓜或红薯。大瓜和红薯是甜的，大人孩子都爱吃，不知不觉两大碗下肚，馒头、窝头省了，正好第二天早上还能当干粮。

小时候，粮站供应的东西五花八门，其中一种，就是红薯干儿。红薯干儿由生红薯切片晾晒而成，稍微用水泡一下放到锅里煮熟，干沙绵软，好吃也解饿。生红薯干儿也可以直接扔嘴里嚼着吃，微微甜，还有独特的薯香，也算是那个年代的一种特殊零食。我最爱吃、最为怀念的，是河北张奶奶用煮熟的红薯在房顶上晒出的红薯干儿，口感甜糯柔韧有嚼劲，是一款不可多得的乡间美食。那些年，一放寒假，在地质局小学当老师的张叔叔就要回河北老家陪张奶奶过年，年后回来时，绿色帆布提包里总少不了带给我们解馋的花生和红薯干儿。偶尔，条状的红薯干儿上会有密密麻麻的小坑儿，张奶奶说，那是被嘴馋的麻雀啄的。

还有红薯粉条。也是从河北买来，呼市市场上看不到。红薯粉是干粉，一把一把的，需提前用冷水泡软才好用。细的炒菜，粗的烩菜，与烧猪肉、干豆角丝一起下锅做个炖菜更是一绝。后来有一年，在中山路水产门市部当下夜工的大爷，竟然分到计划经济时期非常难得的半麻袋碎红薯粉，从此，我家的晚饭有了粉条炒各种菜。在那个用咸菜下饭的年代，真是谁看见谁羡慕。用烧猪肉、小白菜和泡好的碎红薯粉条拌馅儿蒸成白面大包子，也让人吃得赞不绝口。小丁庄的红薯大部分也是加工成红薯淀粉，用来制作各种美食，粉脊汤就是其中之一。从前做豆腐粉汤用土豆淀粉，现在我也用红薯淀粉了。

庄里人说，红芋的叶子也可以当菜，凉拌，素炒，肉炒，还能蒸窝头、熬粥，高级点儿的吃法，是油炸。回呼和浩特前，我们去地里挖红薯。先把绿萝一样的茎叶翻到一边，再用那个爪子样的齿状工具刨。这是我第一次见到从地里挖出的新鲜红薯，感觉惊奇又惊喜；虽然土豆也是这样的长法，但因见得太多，也就不那么当回事了。

我一直以为红薯越新鲜越好，超市买回的不甜，一定是储存时间太长的缘故。结果恰恰相反。从小丁庄回来的第二天，我迫不及待煮了几个新红薯，结果大失所望，既不甜，也没有想象中的红薯味道。赶紧上网找答案，原来，刚出土的红薯，必须经过充分晾晒，让薯内的一部分淀粉酶变，转化成糖，这时候食用，才会有薯香味和甜味。我把红薯都摆在阳台上，耐心等待十几天后，蒸熟再吃，果然大不一样。

为了吃叶子，我把几个发芽的红薯泡到瓶瓶罐罐里，没几天，那绿油油疯长的叶子居然成了装点心情的风景。

还吃吗？哪舍得！

# 惊 蛰

一日做饭，去菜篮里拿蒜，才买回没几天的蒜头个个外皮爆开，一撮一撮黄绿色的蒜苗已悄悄长到两寸有余，样子袅袅纤纤，又张扬得龙飞凤舞，着实是春天的气息。好生端详如此不可救药的蒜头，心上便有了主意：剪下蒜苗做包子馅儿，隐约可见新蒜头的蒜瓣儿拍碎，拌个棒打黄瓜当凉菜。一蒜两吃，甚是欢喜。

隔日超市去买蒜。看那放蒜的大箱里，多数也是发芽发到随心所欲。偶有外皮完好的，抠开看，里面居然憋屈着有气无力的黄芽。怎么就都发芽了？这自语被旁边理货的营业员听到，答我曰：都什么时候了，哪有个不发芽的！

也对，家里蒜发芽，葱发根儿，土豆发芽，白菜不也长出花薹开出了小黄花吗？

节气上的事情，有时人忘了，生物却记得。就像这蒜，一定知道马上就是惊蛰，就要开始春耕了，自己怎么还能长睡不醒呢。小小的巴西龟也开始吃鱼吃虾了。去年冬天，虽然家里温度很高，小乌龟每天也爬到石头上晒会儿太阳，但大多时候，是闭着眼睛，一动不动沉在水底，不吃不喝，保持半冬眠状态的。有时我看着可怜，切点儿新鲜肉扔进水盆儿，小乌龟经不住诱惑，居然眼睛放光，大快朵颐。趁机扔点儿虾皮或小鱼干儿，只闻一闻，就悻悻地游走，不一会儿又闭上眼睛不动了。然而最近，这小东西也感知惊蛰将至，是该结束冬眠的时候了，胃口大开，鱼干儿虾干儿来者不拒，总也吃不够，似乎要把一冬天的亏欠都吃补回去。

农历己亥猪年三月四日，我写此文，惊蛰将至，正午气温零上十摄氏度，天一会儿阴一会儿晴，据说有雨。呼市这地方，此时近看遥看，都还不见丝毫草色，真正意义上的春天，依然年年复年年，姗姗而来迟。

惊蛰将至。日渐长，夜渐短，气温在零上零下间摇来摆去，像摇篮，像摇椅，摇着摇着，就把人摇困了。春困不是病，困起来真要命。得自己想办法解决这困的问题。有困难找警察，有疑问找百度。百度说，此一时节，多吃水果和萝卜。过去，冬天家家菜窖里要储藏大量的胡萝卜、青萝卜、辣辣换，开春后食之，又当水果又当菜，竟然在不知不觉中解决了春困的问题。如今住楼房没有菜窖，只能去市场找萝卜。中医说，菊花能清肝明目，所以多喝菊花茶也能起到预防春困的作用。此时吃点儿枸杞，对长时间在电脑前工作的人来说，更是益处多多。

惊蛰，古称“启蛰”，农历二十四节气的二月节令，是仲春时节的标志和开始，也是北方草绿花开蝴蝶来的希望所在。惊蛰一过，不管天气如何乍寒乍暖，北方大地上的农人都要早早开始谋划地里的营生，开始备耕了。哪块地该轮歇，哪块压青地种小麦，哪块地里缺肥，种子地膜去哪里购买，这些事儿清明前都要安排妥当，不能耽误了适时下种；耽误一季，可就是耽误一年呢。

在中华传统文化里，有惊蛰吃梨的讲究。这讲究由来已久，但因由何在没有确切的文字记载，一种让人欣然接受的观点，大概是因为“梨”和“犁”的谐音，吃梨意在提醒人们，惊蛰一过万物复苏，犁田种地已是当务之急。还有就是“梨”和“离”同样谐音，民俗爱好者便附会，惊蛰日吃梨即与正在复苏的各种病菌和害虫就此别离，以图四季平安，禾谷茂盛，人寿年丰。如果从中医的角度来看，在“草木纵横舒”的惊蛰时节，尤其是北方，乍暖还寒，天干物燥人更躁，梨呢，香甜可口，汁多味甘，吃了不仅可以去火怡神，还有润肺止咳、滋阴清热的功效。所以，惊蛰吃梨，养生饱口福的同时，也能让人咀嚼出大中华民间文化一脉相承的味道。

惊蛰，一定要记得吃梨。

# 望春风

起个大早，坐车到离城有段距离的乡下，看二月二出龙。

从前我们村二月二也出龙舞龙，可惜到我出生时，这项民俗活动早因后继无人不往下延续了，只是每逢农历二月初二，听我妈讲说一次而已。龙身上那龙鳞我妈也画过，是把碗倒扣在布上，错落有致地画出一个一个半圆，从龙头一直画到龙尾。神龙身长十几米，画龙和饰龙需多人合作才能完成。假如那龙鳞片片如佘太君所要彩礼中的磨盘大，龙身可就了不得了，不知要有多少里地长呢。

公交车终点站恰好在村里的九曲阵旁。高高兴兴与邻近村子十几个来看红火的老乡结伴，先转九曲，随后相跟着，去他们所说的卧龙处看龙。

龙向来与水相伴，那卧龙处该有河沟、有水？

不光有沟有水，还有庙！

是龙王庙？

另一人就接上了话题：过去周围的女人们要是不生养，二月二就来庙上偷馍馍，想要小子偷个光溜的，想要女子偷个开花儿的；吃了馍馍生下小孩儿，就要来还愿。

这时候，听到了噼噼啪啪的鞭炮声。抬头观望，一条条爆竹的青烟，正被春风摇摆得弯弯曲曲，冉冉升空，竟然扭成了龙的样子。

炮声是被春风从远处送来的。路边干草丛里发出的细碎声响，也是春风在草间窜来窜去弄出来的。

会不会窜出小龙？

小龙还没睡醒，得过些日子。

我属蛇，农历七月出生的小龙，五年级以前考试成绩总能排在前三名，中学却偏科偏到走火入魔，做梦都和作家有关。我年轻时也火气大，也被困境困住几年，但没颓废，一直在努力，努力让自己的生活充满春天的气息和色彩。据说七月的蛇会做生意，利润涌来如江水；我现今就做着个卖石头的小生意，想检验检验这话是不是灵验。

估计响炮那儿就是卧龙的地方。我对此地不熟，就与这十几个老乡相跟着，继续顺柏油路往前走。拐了个弯儿，就看见没剩几户人家的旧村了。有一条土路蜿蜒入村。

迎面来了几个人，看上去像是从村里出来的。同行的一个老乡就上前搭话："旧村里有没有红火？"

"没有，红火都在新村。"

"龙王庙有龙没？"

“没有，龙在新村村委会。”

老乡再次确认：“你进去看了？确实没有？”

“看了，没有，甚也没有。”

来之前我做过攻略：二月二前三天，把龙从村西龙王庙遗址卧龙处请到新村村委会大院儿，进行装饰、裱糊。这项工作必须在农历二月初一下午完成，并在太阳落山前，由请龙的原班人马，鼓乐喧天地把裱糊一新的龙送回龙王庙遗址，卧好，等待二月二晚上正式出龙。

我坚持说龙就卧在龙王庙遗址前。从龙王庙遗址出来的老乡坚持说龙已经被请回新村。真是进退两难。同行的人犹犹豫豫，最后都倒向一边：龙在新村。我本打算独自进去找龙，可同村里人聊天太有吸引力，我舍不下，只好跟着他们，掉转头往回走。

大青山南麓这个古老的村子叫古路板，旧村的人家所剩无几，大多数已搬到条件更好的新村居住了。新村，旧村，九曲阵，这三个地方如果划线连一下，应该是个接近等边三角形的形状。我们从九曲阵走到旧村村口，算是走了一个边，现在要走旧村到新村这条边，看上去不远，走起来却并不近。

“过去这儿都是荒郊野地，土路肯定难走，你们进趟城不容易吧？”

“那也得走。不走咋呀，我从我们村儿往旧城西河沿儿走，一走就是三个小时。有一年我姐夫给了个大红柜，我从村里拉上排子车去西顺城街把大柜拉回来，来回路上就七个来小时。今儿这是相跟的人多坐公交车了，要不就自己开车来啦。”

“现在还种地?”

“早不种啦!”

“地呢?”

“退耕还林啦。”

“补偿怎么样?”

“可以。加上退休金，好生活。这要是过去，哪有工夫出来看龙，都忙得在地里头刨茬子捡茬子了。”

“不是清明前后才种地?”

“那就晚啦。一到春分就得种麦子。”

“地还没化，土还冻着，能发芽?”

“咋不能！小麦就得赶节气，得种得冰上，麦子在土里头先朝下扎根，后朝上出苗，这样根子才发旺，须才多，苗子才能长得壮，打下的麦子才能又饱满又紧实。”说根须多的时候，老乡掌心朝下爹开五个指头给我做了个手势，我一下就看懂了。

“过了春分再种会咋样?”

“晚啦！春分后天气热了种，麦子就是先朝上出苗，后朝下扎根；根子就是独根，长得没劲儿，收成得亏一成。”

“几月收麦子?”

“麦子是种得‘冰’上，收得‘火’上。一赶入伏就收完啦，所以有‘麦子不受中伏气’的说法。”

我也是村里生村里长的，自认为多少懂点儿地里的事情，可跟面朝黄土背朝天的农民比，简直就是个“农盲”。

十几个人顺着公路边朝南走边聊，不知不觉就到了新村村口。

得到的是一个坏消息，龙不在新村，在旧村，而且中午不唱戏，下午才开戏。不过新村街上很热闹，货摊子一个挨一个。我的队友们不再讨论是否返回旧村看龙，各自挑选起所需物品。有买白吉馍的，有买床单枕巾的，有买橘子买小西红柿的，有试穿大衣的，还有饿了要进馆子里吃莜面的。

和他们在村里别过，天开始阴得厉害，看来晚上龙要抬头、天要下雨了。

村里人说，出龙是晚上的事，起码要下午四五点钟才开始张罗。考虑再三，我只能放弃等待，坐公交车回城了。

是夜，果然天降甘霖，大地上泛起春的气息。细雨在远处传来的鞭炮声中纷纷扬扬，水洗过的街巷，伞花一朵挨一朵，倒映在马路上的霓虹灯，让城市多了几分妩媚。

“二月二，龙抬头，大仓满，小仓流。”注定又是个丰收年！

# 平顶山之秋

国庆长假快要结束的时候，我们又一次去爬平顶山。

平顶山位于呼和浩特大学城以北五千米处小井沟内东侧，海拔一千九百七十六米，因山顶平坦宽阔而得名。

平顶山的秋天，可谓大美之至。其不同于春天的绿草纵横、山花烂漫，不同于夏天的细雨霏霏、鸟唱虫鸣，也不同于冬天皑皑白雪赋予大山的起伏美、曲线美、明暗美。彼时，秋风和秋阳是两把蘸有各种颜料的超级大刷子，被季节的手握着，漫山遍野，走笔恣肆，所有植物被涂抹上喜悦明快之色。其实，我一点儿也不想用层林尽染这个词，但又想不出哪个词可以替代它。

为节省上山时间，我们这次没有选择直接爬山，而是先从沟里走，越走越高，曲折迂回于密境般的桦树林。

桦树林得说说，其美，完全可以和额济纳胡杨一比高下。那黄也是铺天盖地的，黄得让往日内敛的青山，一下就显现出蕴含已久的雍容华贵。路边面果果树的叶子也变黄了，衬得那一嘟噜一嘟噜的小红灯笼更加惹人喜爱。我不由得停下脚步，随手摘一些装在衣兜里，边品尝这有了浓浓阳光雨露之味的野果，边向山顶进发。

一路爬到四岔口，短暂休息，然后顺坡而下，又顺坡而上，转入更为艰难的爬行。

往往最美的风景，总在最难抵达的地方。平顶山也不例外，陡峭逼仄的最后一段山路两边，艳艳秋阳下，一丛丛白粉色的干花与一片片只有在这个季节才怒放的蓝紫色野菊花遥相呼应，还有一种齐腰高的蓝色野花，也开得灿烂无比。秋草萋萋的平顶山，有了这些明亮的花，反而显出另一种生机勃勃。

一行人边欣赏美景，边随手打几枝干花，实在累得气喘吁吁，就躺到热乎乎的大山石上歇一歇，吃块儿糖或吃个果子补充点儿能量。经过无数次歇息和互相打气，我们终于爬到了平顶山山顶。

辽阔的平顶山之顶面积近千亩，是典型的高山草甸草原，春夏时节一望无际、绿草如茵，可白露节气一过，草色就越来越淡，其间那些属于夏天的各种小野花，也一朵不见了。我挺喜欢平顶山的秋天。山顶点缀着很多巨石，有一大片桦树林；那满目浓淡相宜的黄色野草，在山风里起伏着一浪一浪苍茫。这苍茫从心里、从脚下，一直铺陈到天边、悬崖边，又滑落到山谷里，但你却没有丝毫悲秋的情绪。

不过，也有让人心里不舒服的地方。就是在我弟弟前不久刚刚清理过垃圾的草地上，又出现了白花花一片矿泉水瓶。他说下次吧，下次一定都扛下山。

在秋天的平顶山上，我们一边喝着从家里背来的热奶茶，一边扶杖四顾，一边等待欣赏日落之美。

平顶山的日落和日出一样，都是瞬间之事。似乎在你还没有摆弄好照相机，或者还没决定如何取景时，那一团惊心动魄的红亮，便缓缓而下，越沉越低，只一会儿工夫，就沉到了远处的群山里。

告别平顶之巅，我们一步一回头，在落日余晖的映照下开始下山。

由于贪恋美景脚步迟缓，再加上还要不停地拍照，天便越走越黑，等艰难行进到四岔口，已伸手不见五指。弟弟轻车熟路，把上山在此休息时就捡的一大袋子垃圾提上，我们各自打开手机上的手电筒，一个紧跟一个，继续小心下山。

五个人，一座山，没有经历过的人，根本无法想象什么叫万籁俱寂，什么是黢黑一片，更无法想象我们当时那种谁都不愿说出口的紧张、担心与害怕，因为我们上山时曾发现过野兽的蹄印和粪便。

无数次，弟弟手里巨大的垃圾袋不小心碰到山路急拐弯处的树干，瞬间呼啦啦惊飞一片夜宿鸟。后来为了壮胆，我们开始高声呼喊或扯着嗓子唱歌，偶尔停下脚步小憩，也不忘抬头看天上那闪闪烁烁的星星。终于，在提心吊胆急行军的两个小时后，安全下山了。到停车场一看，和想象的一样，只我们一辆车孤零零坚守在那里。

长假结束后，因为惦记那些矿泉水瓶，弟弟又去爬了两次平顶山。第一次，他把四岔口上回我们因天黑没能带走的一百三十二个空饮料瓶背下山；第二次，是上海拔一千九百七十六米的平顶之巅捡垃圾。

昨天，在朋友圈看见弟弟和他中学同学每人用自制的简易扁担，各挑两大口袋垃圾从平顶山下来的照片，我忽然觉得，那才是秋天平顶山最美的风景。

# 丁香不结雨中愁

就在我四处忙着寻找樱花时，山桃、连翘、樱桃、海棠、杏、梅、梨、李……反正是满城的红粉白黄，竟然你追我赶，早先开花了。然后，是丁香。看日历，怪不得，人间四月天，到此已所剩无几。

其实，我们习惯上所说的丁香，学名正经是紫丁香，别名才叫丁香。

丁香是木犀科落叶灌木或小乔木，为庭园和绿化常用树种，花期是五月到六月。在呼和浩特城市绿化中，除过去年代常见的紫丁香、白花丁香和暴马丁香外，近些年又引进了品种更为优良、颜色更为丰富的紫云丁香、什锦丁香、香雪丁香、花叶丁香等。

紫丁香原产于我国华北地区，耐寒、耐旱、耐贫瘠，关键是不招虫害，用老百姓的话说，就是没脾气，要求低，好养活。如果把丁香比作一个人或一座城，便具有坚强朴素的品质与品格。呼和浩特市花，就是丁香。

四月二十八日，看过内蒙古师范大学博物馆门前花开如伞如盖的丁香，又去看母校内蒙古大学和满都海公园的丁香，看内农大西区、内蒙古林科院树木园里的丁香；太阳快要落山时，我正站在南二环快速路路北绿化带里一排几万朵小花齐齐绽放的紫丁香前，感受花香的馥郁和生活的美好。

丁香，绝对是呼和浩特的土著植物。

打我记事起，这里有花可看的观赏树种，除去内蒙古大学东墙外那一片山桃和人民公园里零星的山杏、榆叶梅，似乎就剩随处可见的丁香了。那时候，虽然行道树与城市绿化以杨柳为主，但厂矿企业和机关院校内，是一定要栽种些丁香美化环境的。一九七九年以前，我在村小学念书，校园里有高大挺拔的白杨，也有两棵丁香。

那是种在一个树坑里的两棵丁香。如果不是花季，光看树形和树叶，所有人会认为那是一棵树。春末夏初，那树开出一半白花一半紫花，上年秋天在树坑里玩儿过土、挖过蚰蜒（钱串子）的一年级小弟弟小妹妹，忽然惊讶起来，一棵树，为什么能开出两种颜色的花。

每年丁香开花时，我们一下就变得不安分了，总想把沉甸甸的花枝偷偷折下来，藏到书包里拿回家，插入灌满水的空酒瓶养着，天天零距离闻香看花，却全然不顾树的感觉。因为学校众目睽睽下“作案”难度大，我们就到与学校一马路之隔的林学院（现内农大东区）或不远处的农牧学院（现内农大西区），有时也去电影制片厂旁边的苗圃，反正是哪里有丁香，哪里就有我们的身影。

我从小喜欢紫色，每次胆战心惊偷到的，绝对是紫丁香。长大后，市场上有了紫丁香香皂，一块钱能买四块儿，是我洗手绢的不二选择。

当年生活半径极小的我哪里知道，其实呼和浩特到处都有丁香，简直多得数不过来；后来丁香被选为市花，也就理所当然了。近年市园林部门做过普查，光市区之内，树龄在百年以上的暴马丁香就有九株，其中新城鼓楼立交桥下将军衙署博物院院内的四株和乌素图召院内的两株都已过百岁，旧城席力图召后院的两株树龄在两百年以上。玉泉区小召后街 35 号元盛德旧址内，树龄高达二百六十年的暴马丁香，是目前呼和浩特最年长的丁香。

暴马丁香玉树临风，是丁香家族里的大个子，也是丁香中开花最晚的一个品种。现在，呼和浩特很多新建小区和休闲公园整体绿化布局中，都少不了暴马丁香。暴马丁香浑身是宝，在我国青海地区，还被看作佛教圣树。寺院里栽种暴马丁香，就如同栽种了菩提树，除表示信仰的忠坚和虔诚外，也是为了纪念佛祖得道成佛。所以，呼和浩特年长的丁香大都在寺院里，而且全部为暴马丁香。

街巷绿化，还是以易于修剪的矮株型丁香为主。因为是市花，整个五月，呼和浩特全城淹没在深深浅浅、高高低低、浓香四散的丁香花里，简直就是出门与香撞脸、睁眼花开在前。

问题来了：丁香如此美好，为什么古代文人偏偏赋予其忧伤愁怨呢？

“青鸟不传云外信，丁香空结雨中愁。”

“愁肠岂异丁香结？因离别，故国音书绝。”

“梅蕊重重何俗甚，丁香千结苦粗生。”

多愁善感的戴望舒也一脉相承：“撑着油纸伞，独自彷徨在悠长，悠长又寂寥的雨巷，我希望逢着一个丁香一样的结着愁怨的姑娘。”

我的答案是，文人们正要用诗文表达内心的忧伤或愁怨时，恰好看到了丁香，而不是其他。那就只好就地取材寄情于此，结愁又结怨；到了戴望舒，同样要下点儿伤感的雨，像眼泪，把所有愁怨淋它个湿漉漉、水淋淋。

写到这里，忽然想起自己曾写过和丁香有关的诗句，翻找出来，也是不知哪来的愁深怨重：“世人不解丁香意，半树喜悦半树忧，半树相思半树愁。”

如今的生活节奏快，信息也畅通无阻，年轻人更是爱得干脆、分得利索，哪还用得着丁香替他们结那雨中之愁；一切如花香，浓了，淡了，散了，没了。相忘于江湖。但诗与丁香永远彼此附丽，相互成就美好，似乎谁都离不开谁。

近几年，呼和浩特城市绿化树种虽然越来越多样，但广泛栽种的，依然是市花丁香。

呼和浩特丁香最密集的地方，应该是乌兰夫公园，据说有三十多个品种，多达万余株。每年五月赏花季，只要天气好，那里的游人总是摩肩接踵、络绎不绝。我却喜欢去人少或无人的僻静之地，像面对一年未见的老友那样面对着丁香：年年花如故，别来无恙乎？

丁香花序硕大、花开繁茂，怒放时简直像天上飘来的云彩，白一朵，紫一片，朵朵片片，簇拥挤压着树枝树干，沉甸甸摇曳出十里香风，缠缠绵绵，袅绕不绝。

与丁香彼此面对时，我从来不去想其有什么经济价值，只是欣赏花之美，珍惜芬芳，不负花期。

# 人在草木间

吃过午饭，稍事休息，我爸把水瓶、口袋、小铲子往车筐里一放，骑上那辆有些年头儿的 26 型自行车，或朝东，或朝南，出城挖苦菜去了。

一年一年，市区发展得越来越大，我爸挖苦菜的地方也越跑越远。原来有苦菜的地方又修路盖房了，我爸就去找新的苦菜地，乐此不疲。

现在吃苦菜和过去吃苦菜，完全是两码事；前者吃的是绿色、新鲜和野趣，后者吃的是穷困、苦难和心酸。过去遇上荒年，别说苦菜、榆钱儿，连榆树叶子、榆树皮，也成了救命之物，被撸光剥光。我妈小时候，在青黄不接的春天，姥姥家虽然也缺粮，但依靠着秋地里收下的白菜和土豆，还是能让人将就着把日子过下去。村里一户外来人家，因为无地可种，女人怀里又有吃奶的孩子，春荒时只能撸些苦涩的榆树叶充饥。如今，丰衣足食的我们无法想象断粮之苦，却要懂得珍惜现在所有的来之不易。

荒年救命的苦菜还是一味草药，与其他草药配伍，可以治病救人。

我家大院儿里有很多草和树。春天观叶赏花，夏天吃杏吃樱桃，秋天摘李子晒果干儿，冬天看麻雀站在树枝高处叽叽喳喳晒太阳。

每年夏天，院子里马莲花快要开完的时候，端午就到了。我妈捆粽子，要用上一年收获的马莲。经过一夜焖煮，粽叶与马莲这两种植物的清香，与糯米、红枣及其他食材的味道完美结合，成就了这个节日的重头戏。

端午节吃凉糕、粽子，门上还要挂艾草，传说是为了避邪除毒。

那艾，是我爸早早就侦察好，到日子才从野地里拔来的新苗。灰白的叶片，用手指轻轻一捻，便散发出浓烈而独特的味道。那是植物的味道，是节日的味道，也是历史与文化传承的味道。

吃过粽子，塞北的天气会越来越热，花也繁，草也茂，树也婆娑，除非你在沙漠或戈壁，否则，就是完全置身于草木间了。门上的艾干透时，蚊子开始嚣张，艾烟却是最好的天然蚊香。如果春夏之交在室内燃起艾烟，据说还能杀死空气中的伤寒菌、结核分枝杆菌、葡萄球菌等。

那薄荷呢？更没的说，掐尖儿凉拌个小菜解暑，泡壶薄荷茶清心明目，麻辣锅里涮薄荷，更是别具风味。留到冬天的干薄荷，同样是一味常用草药，不仅能发汗解热，外用还可以治疗神经痛、皮疹和湿疹。如果上火了，别急，用草本的红姑娘泡水喝，疗效不比药片差。

我们去看草原，其实是去看草原上给予人和牲畜无限恩典的花花草草：马兰花、山丹花、金莲花、石竹花、芍药花、百合花、铁线莲、断肠草、风铃草、飞燕草、麦瓶草、益母草、竹节草、花苜蓿……降水少的草原，还有沙葱、野蒜、补墩儿、地毛。自然界的花花草草大都名载《本草纲目》之中，老中医望闻问切后的一纸药方，把十几味草药安顿到砂锅里，缓缓注入清水，小火慢煎，直至煎出每一味草药的魂儿。

那年，爷爷领着几个小木匠去村果园后面的集体林地里打树，具体位置在工兵营院内，是一片半亩大的杨树林。树被打倒后，全部用马车拉回大队院儿里，高大直溜的，经去皮、风干、破板、熏烤，用来给学校做课桌、板凳，给生产队修理马车车槽和农具。曲里拐弯的也有用，腊月里唱大戏，一根一根摆在戏台前，人坐在上面，木头的暖加戏台上咚咚锵锵的热闹，坐几个小时人都不觉得屁股冷。

自然间，草木是人的福祉，是人的物质依赖，也是人的精神寄托。

乡下更是草木的世界。院子里那不多的几棵，管够鸡刨。田头地尾，猪爱吃的马齿苋、老来红、灰灰菜都壮实又水嫩，野滩上各种叫不上名儿的草，不管是新鲜的还是老枯的，羊都爱吃。吃草的猪、羊肉质鲜美，大概是因为那融入其中的百草之味。

在乡下，好像约定俗成，每个村子都有几棵像样的树。那些有些年岁的树，都被称为古树。那天，我上坝口子村看古戏台，比戏台更显眼的，是戏台对面和戏台两边儿的几棵古树。听村里老人讲，那些树该有三百多年了，是当初盖龙王庙和戏台时种下的。我说这古杨和古榆看上去古得够气派，完全就是村子的历史长在大地上。老人却说，那榆可不光是榆，原先是柳抱榆，现在完全看不到柳树的影儿了。根据老人的描述我能想象得到，当年，那枚小小的榆钱随风飘来，一眼相中老柳树身上那个如母亲子宫一样温暖的树洞，就像当年走西口或走草地的那些山西人，远道而来，相中了大青山南麓白道谷口这块水草丰美的土地，一个叫坝口子的村子就诞生了。

人的一生，就是和草木相随相伴的一生：木房，木窗，木门，木箱，木柜，木床，木盆，木碗筷，木桌椅，木扁担，木搓板，木叉，木铲，木连枷……火炕外边是木头做成的炕沿，炕上铺着高粱秆儿或芦苇秆儿编成的炕席，水瓮里漂着半个舀水的瓢葫芦，铁锅上盖着木头锅盖。扫炕笤帚用打干净的黍子头或龙须草扎成，扫院儿的笤帚用枳芨草栽，还有柳筐、竹篮、竹笼、草绳、草帽、草鞋、柳条笸箩、柳条簸箕……很多草木的芽或花还是舌尖上的美味，比如香椿芽、苜蓿芽、柳蒿芽、槐花、桂花、玫瑰花、金莲花等等。茶叶就更不用说了。

有些植物，比如北方用于固沙的柠条，看起来和我们毫无关系，但它的花是很好的蜜源，叶和嫩梢是营养上乘的牛羊饲料，根和种子又可入药。此类间接施惠人类的植物，放眼自然界，比比皆是。还有一些植物，经过提炼或萃取，有的可用于生产食品和饮品，有的可用于印染，成就着人与自然的良性循环。

想来，这世间，草木生，希望存；人在草木间，是何等幸福和幸运。

# 后山那地方

我这里说的后山，是指大青山以北武川县、达茂旗、四子王旗的广大地区。

后山这一概念我打小就有，因为家里老人过去跑后山认下不少后山朋友，每年冬天不种地了，那些不爱洗脚的后山人便翻过大青山，带着他们的故事、脚汗和大烟袋，来呼市我们高家大院儿住些日子。

其实不是后山人不爱洗脚，是因为那地方过去缺水。

后山人来时不空手，背着莜面、胡麻油，有时候是一包晒干的扎麻麻花或几串儿黑蘑菇。他们回去时，掏空的口袋同样被我家大人装得鼓鼓囊囊。这叫礼尚往来。

所有来我家大院儿住过的后山人中，我最喜欢那个叫二后生的，因为他一来，我们就有糖饼吃了。二后生烙糖饼的手艺堪称一绝。普普通通的白面、红糖、胡麻油，不知他施了什么魔法，烙出来竟然千层万层，酥到里外都掉渣儿。还有就是二后生爱干净。总见他对镜刮胡子，做莜面前还把手洗了又洗。他的狐皮帽每年来都像新的，白茬子皮袄上也没有什么难闻的气味。二后生还会声情并茂地讲故事，后山的狼，后山的狐狸，后山的野鸡、野兔，哄得我们小孩儿成天围着他转。

还有个叫狗嫌臭的，大多时候是下呼市来看病。有时是他看，有时是他家里人看，一住半个月二十天。我问爷爷为什么叫这么难听的名字，爷爷说，名字难听点儿好养活。后来再听到“狗剩”“狗蛋”之类，我就不奇怪了。

有年刚过国庆节，我家大院儿一下来了好几个后山人，男的挤在我爷爷和我大爷的小炕上，女的和大奶奶住一屋。他们每天下旧城，逛大南街、大北街，也逛中山路上的联营商店和儿童商店，好像是给谁采买结婚用的东西。有一天，他们抬回一大蒲包没有长红的西红柿。我说这东西是拉蔓货，我们村的人都扔了，麻得根本不能吃，也放不熟。他们说现在不吃，拿回后山去腌咸菜用，腌好了冬天就饭吃。那是我第一次，也是唯一一次听说绿柿子可以用来腌咸菜。至于后来腌没腌成，就不得而知了。

有一年，后山人来我家寻求帮助。

是二后生的一个儿子。说后山连续天旱打不下粮食，家里顿顿都是能照见人影的“瞪眼儿米汤”，喝完尿泡尿就又饿了，饿得一个个躺在炕上起不来。当年怎么帮助的我没印象，但几年后，后山终于风调雨顺，也实施了包产到户，老乡们光景越过越好，二后生的几个儿子也相继娶上媳妇，他却老得再也没有下过呼市。

我一直没问过我爷爷，二后生他们到底是武川的，还是四子王旗的，还是达茂旗的。那时总听他们说到武川、百灵庙、乌兰花、后草地、乌中旗等地。如今我走过后山的很多地方，潜意识里总觉得，从路途远近和过去的路况及交通工具考虑，小时候老辈人跑的那个后山，就该是现在的武川境内。有一次和我爸聊这事儿，我爸说，他小的时候，我爷爷确实去武川县哈乐镇一带做过木匠活，也顺着现在通往九龙湾景区的那条路到山里和山后去换过东西。有一次半路爷爷还被汉奸逮住，硬说他进山里是给抗日的八路军送情报，被关了好几天，幸好被一个好心的蒙古族大夫保出来。

因为特有的后山情结，我对山那边一直充满想象。小时候想象后山的遥远和贫穷，大了想象后山的特别和真面貌。直到二〇〇九年深秋，第一次坐车翻过大青山去了武川，不久又途经武川去达茂旗，然后便是一次接一次车过武川，直奔四子王旗各地。

几年来，无数次在后山大地，看油菜花开，看燕麦摇铃，看土豆像波浪一样从泥土里翻滚而出，看羊群像云彩一样从山坡上浮游而下，看一群又一群马和骆驼在通往大红山的柏油路边悠闲吃草，看小牛跟在大牛屁股后头不紧不慢过马路，看野兔箭一般从这片柠条林窜入那片柠条林，看喜鹊在脑木更胡杨林中飞来飞去，看养蜂人从武川跟着花儿一路向北，看一场风起着旋儿追赶另一场风……最让人心潮澎湃的，是看载有“神舟”返回舱的汽车，从四子王旗红格尔苏木阿木古郎牧场由远及近，稳稳驶过眼前。

有时，在几十里路程都遇不上一个人的旷野之地，停下车，边小憩，边欣赏后山的云起云落、云卷云舒。

后山那地方，给人的感觉似乎除了辽阔，还是辽阔。

不管在武川县、达茂旗，还是四子王旗，没有哪座山、哪道梁或哪排树，能够遮挡辽阔。因为在后山，三百六十度的视角，绝对允许视线随便环绕。

五月下旬，我们的汽车又奔驰在后山大地四通八达的柏油路上，那些从南方远道而来的养蜂人，正把帐篷扎在花开黄灿灿的柠条地旁。农民开着农用车去地里劳作，羊倌儿骑着摩托车放羊，班车和运输车来来去去。到了旅游季，整个后山地，更是人来车往，热闹非凡。改革开放四十年，后山真是今非昔比，二后生们的后代，早已过上了从前想都不敢想的好日子。

如今，谁还稀罕来山前的城里往回倒腾东西，现在的后山地区，什么都不缺。反倒是我们这些祖辈大多是农民的城里人，总爱选个好天气，开着车，呼朋唤友到后山游玩一番。去希拉穆仁草原骑骑马，在武川县城里吃顿莜面，到乌兰花街上喝碗羊杂碎、吃点儿手把肉。我最爱吃的，是后山炖笨鸡。

乌兰花炖笨鸡的味道，完全取决于鸡。土生土长，活蹦乱跳，少饲料，多虫草，够月份，经炖，炖出来的鸡肉就是香。炖笨鸡的特殊之处，在于锅里可以根据自己的喜好，添加土豆、蘑菇、香菇、干豆角、宽粉条等，最上面还要焖一层卷子，那就是主食了。

武川炖笨鸡的经典吃法是蘸莜面。鸡汤里的山药蛋必须炖到看似有形、食则无形，肉鲜咸，汤浓厚，夹一筷子莜面鱼鱼或莜面窝窝调进去，吃吧，管你香得顾不上说话。

后山那地方另一大好处，就是空气好，污染少。有时我会奢侈地想象，将来老了，如果有能力，就上后山买个小院儿，夏天去养鸡、喂羊、种菜、避暑，那该有多好。

## 玉米和绿豆的样子

生于农村，长于农村，虽然现在住着城里的楼房，吃着市场上出售的瓜果蔬菜肉蛋粮油，可一看见庄稼地，我就兴奋得现了原形。我曾要过农民老大哥手里的铁锹，一脚踩下去，把土拍在旁边，让清凌凌的渠水从新修好的 U 形衬砌渠里，顺着地垄上那被我铲开的缺口，哗啦啦流入庄稼的行列；也曾要过大嫂手里的锄头，很娴熟地把豆秧和玉米苗周围那些杂草，锄了个一干二净。有次干得上了瘾，竟然帮人家起了一整天土豆，满满装了一四轮车。农村人总爱用“是骡子是马拉出来遛遛”检验说话人是不是真有本事，我主动把自己“遛”了几回，就没人再怀疑我的农民本色了。

现在，我和我的同伴，正走在两面都是庄稼地的田间小路上。左边是玉米，右边有高粱，她却看着一尺来高的庄稼，有点儿迷茫。我说这是绿豆，我们生豆芽、熬绿豆汤的绿豆。

“哇，原来绿豆是这个样子！”她连忙用手机给绿豆拍照。我让她照豆荚，多么丰满而有层次的豆荚，翠绿得生机勃勃，一看就是要大丰收。绿豆的一生短暂而精彩，先是种子被埋入翻松的土壤，然后开始做发芽的梦，做开花的梦，做结果的梦。那豆花是在秧上生出的一枝梗上，由下而上，一朵一朵，次第开放的；绿豆的豆荚，便一个一个，由下而上，直挺挺长了一撮又一撮，看上去像刀似剑，充满力量。等花一路开到顶端，那梗的最下面，率先成熟的豆荚会呈现黑色，发散出墨玉的光泽；往上的绿色豆荚呢，便是碧玉雕成了。不管是绿色豆荚，还是黑色豆荚，那豆子的模样，凹凸有致地显现在豆荚上，小巧，均匀，饱满，甚至让人觉得，只要两个手指上去轻轻一捏，一粒粒成熟的豆子，便会破荚而出，四处飞溅。

高粱正在抽穗扬花，那健壮的植株，着实喜人。我站在地头时，忽然很想去找几个高粱霉霉，品咂品咂那难忘的乡间之味，却又怕不小心践踏了庄稼，只好咽咽口水，一步三回头。真是遇见，又不得不别离。

在我国，高粱是古老的谷类作物之一，既可食用，也能药用，还是酿酒的原材料。这几年，因油菜花声名远扬的云南省罗平县，谁能想到，如今又把红高粱种成了风景，使当地旅游再出亮点。今年，赛罕区农业综合开发办按照创新驱动的开发总要求，本着可持续发展的理念，以现代化农业为目标，在东讨速号村建设了五千亩高标准农田，这就让我不由得生出奇思妙想：项目区种植灌溉条件的大力改善，农田路质量的大幅度提升，防护林的大片栽植，耕地的田园化，不正是发展乡村旅游的绝好契机吗？村子里的农民，完全可以一边保证粮食稳产增产，一边依托现有土地上的庄稼，发展现代农业观光游，并以此带动当地农家乐经营，不仅使经济得到发展，也让个人收入最大化。

云南的高粱穗能长成风景，我们的高粱也可以呀。还有玉米，还有葵花，还有谷子、黍子、大豆、胡麻。高一片，低一片，花一片，穗一片，想想都是美景。在这些想象的美景中，最富诗意的，应该还是玉米。

玉米的样子，从春天顶破泥土开始。无论雨水，还是井水，只要不缺，那玉米的芊芊幼苗，便欢快地生长。日复一日，植株越来越高，叶片越来越宽，秸秆越来越粗壮，等长到顶部开花，又结出一穗一穗包裹严实的小棒子，斜出的棒子上慢慢又吐出一蓬蓬玉米须，北方的青纱帐便出现了。那新吐出的玉米须最耐看，远观，齐刷刷的，像儿童团手里握着的红缨枪；近瞅，白里泛青，青中有绿，绿上又浸染着娇艳的红粉，水嫩嫩的，恰如缕缕情丝扯不断。

从前的玉米秆子，是我们小孩儿口中的甜棒，号称土甘蔗。等收获完玉米，便挑青绿的砍来嚼食，那淡淡的甜味，极大地满足了当年要求很低的味蕾，虽无杨贵妃吃到荔枝的喜悦，但内心也是无比欢喜的。

秋收时节，脱去外衣的玉米棒子，无论码成小墙，还是编成挂挂在屋檐下，或者脱成粒摊晒在院门口，横竖都是一道金黄色的风景。

农村地里都是宝。成熟后的高粱秸秆，可以做成大大小小的piapia（盖帘儿），用来放置食物或当作坛坛罐罐的盖子，绝对绿色环保无污染。脱完籽粒的高粱头，除了生火，还是冬天腌菜时用于打刷的主要工具。碾过的黍子，可以扎出经久耐用的笤帚。经过处理的玉米皮，可以编结成盘碗杯垫。干棒子插根棍儿，就是个痒痒挠。早已老成一团乱麻的玉米须也有用，它可是一味极好的中药。

我是不是快成民俗专家了？好像有苗头！

# 我与内大

一九五七年，作为新中国在少数民族地区创办的第一所综合性大学，内蒙古大学在呼和浩特市建成并投入使用。

内蒙古大学建在古老的绥远城南门外，占用的土地原属桥靠村，村民称其为蛤蟆窝儿，实际用途是晾羊盘。桥靠村和内大之间，只隔着一条没有道牙子的窄马路，路西是内大东墙，路东是村里的菜地。早先，内大东墙和南墙外，各有一排毛桃树，春天开花的时候，我们成群结队去折花枝，拿回家泡在灌满清水的酒瓶里看花。毛桃花开过后不久，我们又溜进内大校园去偷偷摘些白丁香、紫丁香，藏在袖筒或衣襟下，拿回来同样泡在水瓶中，家里能香好几天。

二十世纪七十年代，我爸从市政公司调到呼和浩特市乳品厂，每隔一段时间，我妈就领上我们去厂里职工浴室洗澡。从西出村，一般不走大马路，而是抄近道，直接进内大东门，出内大南门，右拐不远就是乳品厂。

我上中学后，远在巴彦淖尔的六舅和八舅，相继考入内蒙古大学，好多个周末他们都是在我家度过的。八舅经常给我从桃李湖畔的内大图书馆往回借小说和外国诗集，有一次，他还带我去主楼听文学讲座。内大成为我母校，却是很多年后的二〇〇九年。

因为写作，我的名字登上各种报纸，这就给了我写下去的决心和信心。企业改制遭遇下岗后，我一边打工，一边坚持业余写作。偶然从网上得知内蒙古大学要开设文学研究班，就毫不犹豫报了名。那时我才知道，内大还有个刚刚建成的南校区。

我第一次去南校区，是报名缴费；第二次，应该是提交所需材料；最后的笔试，是在校本部。笔试那天下午，我被同事电话叫回我的工作单位——当时的青山乳业，参加关系自己将来能否正常享受退休待遇的维权行动，其间发生的冲突，让我差点儿与内大擦肩而过。

上小学时，我经常和同学们结伴去内大校园里闲溜达。那时的校园人很少，安静的傍晚时分走在树多的地方，多少还有点儿害怕。高中毕业后，我曾在与内大一路之隔的桥靠菜地里劳动——和社员们一起收获大白菜。冬天到来之前，我参加工作进入呼和浩特市乳品厂，成为麦乳精车间一名包装女工。同样习惯穿过内大校园走近道，却走得理不直、气不壮，我生怕有一天，被看大门的拦住来个“闲人免进”。

二〇〇九年秋天，我被内蒙古大学文学与新闻传播学院文学研究班正式录取，此后再进内大校园，腰杆挺直了不说，张口闭口就是我们学校如何如何，好像几十年来，我和内大一直就如此亲近。

我家住在内蒙古师范大学南边儿，往北走不了多远，师大南墙外就有55路公交车站牌，可以坐到终点站——位于昭君路的内蒙古大学创业学院。下车由西而东，横穿创业学院，只一墙之隔，就是内蒙古大学南校区。文研班学习的头两年，去学校一直坐55路公交车，南二环和美通大桥修好后，为了早上能多睡会儿，我改骑自行车，这样就走了一年南校区东门。那时候的南校区东门外一片荒凉，很少有人走，尤其冬天下午放学后，紧走慢走，太阳就落山了。因为害怕，脚底就用劲，等一口气把我的24型捷安特骑上高高的美通大桥，往北瞭望，看见灯光闪烁的市区后，才敢停下来歇口气。

南校区三年，遇上天气不好，或者全天上课，我就干脆在宿舍住。不管是住校，还是回家，第二天早饭都在学校食堂吃。最难忘食堂的豆腐粉汤和玉米面摊花，好吃又便宜，拥有一副农村胃口的我，几乎天天就吃这一套。吃完从食堂出来，提着暖壶上水房打好水，包里背着厚厚的文学理论书籍和各种文集、笔记本，背着饭卡、图书借阅证、出入证、住宿证、宿舍钥匙等一切和大学有关的东西，与年轻的大学生一起排队坐电梯，上主楼0804室，这是文新学院分配给我们文研班的固定教室。

我们一帮中年人有说有笑去食堂吃饭，去水房打水，在校园里散步，年轻的大学生看不懂，以为我们是来看望孩子的家长，或是学校老师。只有我们清楚，自己是学生，是几位比我们年轻很多的老师的学生。

二○○九年入学到二○一二年毕业，内大三年，真可谓珠玉琳琅、五彩缤纷。我学到很多以前没有学到的东西，在写作上，也有了质的飞跃，也终于敢承认自己是位作家！如今说起内大，内心只有感激。

二○一七年秋天，母校六十华诞，我和我的同学们相约回到内大南校区，与各届校友一起参加庆典。熟悉的教学楼，熟悉的操场，熟悉的食堂，熟悉的宿舍，熟悉的老师……漫步校园，美好的感觉，让我们个个笑靥如花。

## 大地如此诗情画意

小暑大暑相连之际，择一日闲暇，从喧嚣燥热的城里出逃，由南到北穿越大青山，去后山享受城里根本没有的辽阔与清凉。

通往后山大地的山路两旁，不时会出现连绵不绝的各种野花和长势茂盛的野草，我称其为有生命的绿色道牙子。随车而转的山上，野花似乎比野草还多。山丹、远志、石竹、芍药、狼毒、罂粟，叫不上名儿的越发比比皆是。

没错，七月的后山地区，是油菜花的主场。那满地满坡满沟的黄，真是不顾一切，摩肩接踵，成群结队，手拉手肩挨肩地簇拥着开。横一条，竖一片，条条片片，深深浅浅，像魔板、魔方，让人总有想动手扭一扭转一转，把那些地块儿按颜色重新排列组合的冲动。

喜欢后山黄艳艳的油菜花，尤其雨过天晴时，那小小的花瓣和茸茸的花蕊上，都戴起闪烁晶亮的钻石耳钉，看得人真想一跃，跳到那花海里畅游一番。

油菜花开时，公路两旁的放蜂人越来越多。帐篷搭起，蜂箱一字排开，有的还围成一个圆圈儿。路边小桌上放三五瓶花粉花蜜，开始招揽生意。

每到下雨，小小的蜜蜂总是先知先觉，早早飞回巢猫着。蜜蜂的主人也出不去，也在帐篷里猫着，看电视，打游戏，刷微博，上网聊天，反正不会寂寞。有次雨过天晴，我去和放蜂人买油菜花蜜，看见飞出去采蜜的蜜蜂正迫不及待飞回来，一个个急着往蜂箱里钻，裹在腿上的花粉团儿，被蜂箱口上那特制的花粉收集器一挤又一卡，一粒粒自动脱落到接在下面的长条形收集盒里。等盒里的花粉积聚到一定数量，主人就拿去倒在太阳底下铺着的布单上晾晒。有时，勤快如蜜蜂的女主人，会把雨天发潮的被褥和衣裳抱出来，晒到拉在两棵树之间的绳子上。我觉得那不光是在晾晒衣物，也是在晾晒心情。

此时，荞麦花也开了。像雪一样洁白，像雾一样迷蒙，又在这白与雾间，泛起隐约缥缈的粉意，加上蜜蜂忙碌急促的嘤嗡，一片普通的荞麦地，便有了朦胧美和诗意美。

我曾遇见非常有趣的一幕。是两个手里拄着羊铲的羊倌儿，嘴在聊天，眼睛却死死盯着各自的羊群。我总感觉那些羊心不在焉，嘴里吃着草，眼睛却不停地偷窥近在嘴边的燕麦苗，恨不能趁羊倌儿不注意，一探头狠狠叼上几口。问羊倌儿那些羊有没有偷吃庄稼的意思，羊倌儿说那不明摆着，要不还用人看？我和羊倌儿都笑了。

一阵风吹来，燕麦苗也笑得前仰后合。

大青山以北的广大地区，多以种植高品质土豆为主，小暑大暑相连之际，是上后山看土豆花的最好时候。土豆花有白有紫，每朵花的花蕊里都点着一盏小黄灯。开白花的结白皮土豆，开紫花的结紫皮土豆，就是我们常说的黄山药和红山药。

不管是白土豆花，还是紫土豆花，一旦开起来，就没完没了，被肥厚的绿叶衬托着，让人越看越爱，直把个平常之物看成一地风景。

除了庄稼，广袤的后山大地，还遍布名目繁多的花花草草。开紫花的益母草，你一旦置身其间，就像置身于唯美浪漫又梦幻的薰衣草庄园，愉悦而欣喜之感油然而生。那一丛一丛顺风倒的针茅类植物，全部潇潇洒洒，纷纷扬扬，或点缀于路边树下，或荡漾在辽阔的牧场，一旦风经过，瞬间就有了方向和力量。一种叫狼毒的草，却开着漂亮的伞状花，有很高的药用价值。

美丽的乌兰牧场，羊在悠闲吃草，牛在凝神远望，飞鸟在小小的水淖边跳来跳去。流云变幻莫测，从远处的一个山头滑向另一个山头。“天苍苍，野茫茫，风吹草低见牛羊”，原来就是这般情景。

后山的羊群也惹人喜爱。它们在头羊的带领下散漫开来，不紧不慢吃草，不紧不慢从柏油路的这边溜达到那边。过往司机也都心地善良，远远就开始减速，甚至暂停等待，却从不摁一下喇叭。有时羊也会走走停停，甚至抬头，调皮地看看汽车和开车的人。也有胆小之羊，尽管司机已经停车，还是吓得扭头一溜烟儿跑回去，直到汽车驶出一段距离，才重新甩开小蹄儿爬上路基。

后山天高地阔，等过些日子，大片大片的葵花也朵朵朝阳而开，风景就更是这边独好了。

天地有大美，终须人发现。

我甚至不知道该怎样去赞美它，只能说：大地如此诗情画意！

# 周　末

下午四点，太阳偏西，没有风，是个好天气。我决定上满都海公园看风景。

八月中旬，正是塞外青城赏荷的好时候。照例从西门入园，快走几步，就到了最近的一处荷塘边。虽然是周末，但因为疫情，看花人不算多，大都还戴着口罩，也少有扎堆儿聚伙，我来时的一点儿顾虑，到此完全打消。

立秋后的呼和浩特，凉爽终于替代了溽热，园子里的植物，看起来也比炎炎夏日精神多了。那水波盈盈的湖里，荷花亭亭吐芬芳似锦，荷叶田田秀青碧如玉，莲蓬朵朵溢清香诱人。有蛤蟆扑通扑通，跳起又落下。一只跳到荷叶上，一只落在我脚边。我和它四目相对，彼此都感到很意外。它一动不动，我一声不出。起先我一直盯着它看，看它那对儿圆溜溜鼓泡泡的眼睛，看那身疙疙瘩瘩令人后背发麻的皮肤，看那随时都会弹跳而起的长腿。越看越心虚的我只好败下阵来，小心翼翼，倒退着离开，生怕它一不留神就跳到我脚面儿上。那可是人家的地盘儿！

顺着林荫小径继续走，见湖畔有石，石边生草，草上开花。在绿叶和水光的映衬下，旋覆花更见金黄明艳，千屈菜越发淡紫清爽，与小径另一侧奶白色的珍珠梅遥相呼应，又有芦苇深深深几许，又有蒲草片片入画来，此情此景，正合了人在画中游的美好意境。

忽然，一条小船贴着茂盛的芦苇丛慢悠悠划过来，我打算拍一张好看的照片，举起手机聚焦的工夫，发现那是一条专门打捞水草和水面漂浮物的清洁船。很多年前，我和女儿也曾在这湖里划过船。那时的水面很干净，没有人扔垃圾，也没有荷花和芦苇，付给船老板一百块押金就可以排队上船，每小时二十块钱，现在却一条游船也看不到了。

公园里的杨树和柳树都有一把年纪，或粗壮挺拔，或遒劲婀娜。那湖边柳，垂摆着长髯般的丝丝柳枝，轻轻抚过一朵朵荷花，抚过一片片荷叶，偶有小风吹来，便婀娜起舞，让这满园的景致又多了动态之美。树下的长椅上，正在对弈的老者，手起子落，不闻闲言碎语。十几米外，长条椅上坐着年龄在五十岁上下的男女，中间摆着啤酒小菜，手里举着纸质歌片儿，两人悄悄唱歌，慢慢对饮，不打扰他人，享受着属于自己的快乐。对岸那个唱歌的却不然，每一嗓子吼出来，恨不得让全公园儿的人都听见。

虽然离秋天还远，但已见零星黄叶从高大的杨树上飘落下来，很快又被公园里的保洁工清扫干净。几个老头儿在树荫里扭动着身子抖空竹，那声音忽高忽低，忽远忽近，抑抑扬扬也算好听。

抖空竹有一定难度，是通过四肢巧妙配合才能完成的运动项目，历史十分久远，明代《帝京景物略》中就有所记载；二〇〇六年，这项运动被列入第一批国家级非物质文化遗产名录。二十世纪七十年代末我家拆除老房子时，堆杂物的凉房里曾翻腾出一个空竹，那是用竹子做成的，我爸说他小时候总怕不小心把空竹抖到地上摔烂，所以只敢在铺有麦秆的院子里抖。现在的空竹，清一色塑料制品，缺少了那种天然的成分和韵味。

公园里，最活泼的永远是儿童，他们都有大人相陪，捞鱼、看花、奔跑、骑车、嬉戏、玩儿滑板、逮蜻蜓，简直快活极了。打球和跑步的都是些青壮年。健身器材为老年人最爱，他们有退休金，不愁吃不愁喝，天天都在过周末。

从公园西门一路逛到东门，偶尔会遇见拍段子、搞直播的年轻人。他们都很含蓄，不大声吵闹，穿戴也很齐整，有的说普通话，有的说方言，大多是在介绍内蒙古、介绍呼和浩特，值得点赞。

疫情之前，热闹是满都海公园的日常，游人多时，可以用“川流不息”来形容。有时我会早早过来，看老年人在广场上用蘸了水的海绵笔写字，上凉亭里听晋剧和二人台，坐在湖边的椅子上看对岸跳舞，偶尔也去看打扑克、打太极，遇上写生的，也要停下来看看再走。我似乎对什么都感兴趣，大概这就是热爱生活的表现吧。

我也会拍些照片和短视频发布出去，让更多人了解呼和浩特。真希望疫情快快结束，好让生活恢复如常。

# 收获的季节

秋风吹，秋雨淋，秋阳晒，这收获的季节，说来就来了。

田野上真是少有的繁忙。起土豆起葱，割葵花盘子，拉运红豆绿豆，捆莜麦个子，搬高粱谷子，摘倭瓜葫芦，真是人忙车也忙。忙得高兴。忙得团团转。现在的秋收季，头脑活泛的人会把刚割下的新鲜葵花盘子拉到城里去卖，但凡看见的小孩，都会让家长给买一个，像我们小时候那样抱在怀里一颗一颗拽着吃，那种清甜，似乎还带着阳光和土地的味道。

青纱帐一样的玉米地里，那些腰身挺阔的大个儿玉米棒子早已不堪重负，成了倒挂金钟，似乎在提醒它们的主人，现在已是颗粒归仓的时候了。玉米是担当重任的主粮，更是农家小院的一道风景。从地里收回来，黄灿灿挂在屋檐下，摆在窗台上，摊在院门口，抑或囤在铁丝编成的圆形粮囤儿里，无论将来磨面、酿酒，还是用作牲畜饲料，都让人心里有一种踏实感。现在的老玉米穗儿还有新用途，那些经营乡土菜的馆子里如果挂几串儿红辣椒黄玉米紫皮蒜，即便端上桌的不是胡麻油炒农村鸡蛋，食客们咂吧嘴儿的时候，照样会竖起大拇指，这就是环境的影响力。

明长城脚下的一块地里，女人们围着头巾，正舞动着镰刀割藜麦。对我来说，这可是个新生事物，小时候没吃过没见过，也没听说过，如果它不是长在地里，我一定会认为这就是小时候喂猪的灰菜长老了而已。出于本能，我从一位大嫂手里要过镰刀，虽然骨子里有干劲，但只弯腰割了几把，手腕上就没劲儿了，真是粒粒皆辛苦啊。

据说，这老灰菜一样发红的藜麦个头最高能长到三米，我手心里揉出的果实，却是比小米还要小的圆片儿。藜麦产量低，但营养成分全面，宜粥宜饭，口感和味道都容易被人接受，一现世便成了餐桌上的新宠。小小的藜麦还是一种低果糖、低葡萄糖食物，能在糖脂代谢过程中发挥有益功效，因此备受推崇。

藜麦地在高坡上，地边儿种着倭瓜和西葫芦。有意思的是，瓜蔓子没有顺势入侵藜麦地，反倒追着太阳朝外长，瀑布一样垂挂在几米高的沟边，东一个绿皮葫芦，西一个黄皮瓜，吊成一堵风景墙。风景墙下那层地里，是等待收割的豌豆和黑豆。我和这两种豆子感情很深，因为它们是我小时候最爱吃的零食，姥姥用大铁锅做出的五香豌豆，现在想来都是舌尖美味。黑豆呢，腊月里端半盆儿到队里的豆腐坊换点儿豆腐，瓦缸里再生点儿豆芽，过年招待亲戚朋友，那才是地道的农村饭。计划经济时期，如果哪个小孩儿兜里能掏出炒黑豆，效果不比现在掏出的开心果、大杏仁儿差。小时候秋收，我们一帮孩子结伴去生产队收割中的地里捡豆子，一次次被队长骂骂咧咧撵出去，虽然脸上多少有点挂不住，但那渐渐鼓起来的口袋，总能让受伤的小心灵得到抚慰。

这个季节，最热闹的要数土豆地。机器起，人捡拾，随起随装车，有些入窖储藏起来，等待好价钱，有些被经纪人卖到外地，土豆成了致富的金蛋蛋。我爱吃土豆，厨房里一年四季都备着，假如莜面和烩菜少了土豆，那一定是没有灵魂的饭菜。我曾下地和农民一起用铁锹起过土豆，累了饿了，地头一坐，吃口干粮歇一歇，那种丰收的体验，晚上回家躺床上，满眼滚来滚去的土豆，睡着做个梦都在起土豆。过去还有个活计，就是用小土豆和铲坏的土豆磨山药粉子，要不冬天就没有粉条吃，夏天也没有凉粉儿吃。

原野上的草，仿佛一夜之间就被风吹黄了。真正的风吹草低见牛羊啊！那肥牛壮驼满地羊，过来一群，又过来一群，多得让人眼花缭乱。牧民心里乐开了花儿，开始盘算即将卖掉的牛羊，能给家里增加多少收入。那些成天跟在“野放部队”后面的羊倌儿也高兴，风里雨里跟着它们跑，主人家给奶喝给肉吃，如今这好膘情，也算对得起主家给的那几万块工钱了。

对，还有果园。那架上的葡萄，树上的西梅、果子、梨，该红的红，该紫的紫，有些没等人动手，自己便噼里啪啦掉到地上，因为一旦熟透，树就不要它们了。

# 起山药

三白发来短信，打算过了中秋节开始起山药，让我不忙就上去，忙，就晚几天去。

再忙也得去，这是春天看三白种山药时就约定好的事儿。

九月二十一日我从呼市坐班车去大青山后的四子王旗，住在东八号乡政府。第二天早上在食堂吃了一个馒头，喝了一碗瓜稀粥，像模像样换上劳动的衣服，灌一瓶开水背着，步行穿过河槽、杨树林和柠条林带，我抄近道往三白家那二十亩山药地走去。

后山的秋风比呼市市区的秋风猛，劲儿也大，赶上顶风戗得人睁不开眼、出不上气，只得掏出早有准备的帽子、口罩戴上，又用纱巾把帽子牢牢勒住。边走边四处看，半个月没来，有些地块儿已经收获并耕过，有些地里是待收的菜籽和麦子，还有一袋一袋起好的山药。居然还发现一大片和季节十分不匹配的绿色莜麦。我真替那些莜麦担心。再过一天就是秋分，天气预报说从今天开始这里大风降温，夜间最低温度为零摄氏度以下，也就是说要有霜冻了。不知道经历过霜冻，这些莜麦还有没有生长的机会。

这样想着，就上了能走汽车的沙土路。离路不远的地里，三白夫妻俩一人一把铁锹，正在埋头起山药。

紧走几步到地里，已经有很多黄皮山药被翻在土上晒太阳了。我把双肩包挂到四轮车上，要过三白手里的铁锹，准备大显身手。谁知铁锹围着一株枯萎的山药苗转了好几圈儿，却始终估算不出它应有的生长半径，生怕一脚下去锹头上带出个大土豆。三白说快铲哇，没事，他们也往烂铲了。三白媳妇更是语出惊人，她说山药就乱长，得蹦着起。这话把我逗乐了。我笑着说还是捡山药吧，这个我在行。

按三白的示范，我把大山药规规整整装到支有圆形铁圈架的编织袋里，这是准备卖给土豆贩子的；小山药和铲烂的山药装到另外的袋子里，卖给淀粉厂。忽然，我发现有一垄长得奇怪，一窝挨一窝都是又少、又小、又丑。为什么同一块地里会有如此差别？三白说，这个不怨山药，怨籽种，也怨她。春天种地时买回的优良籽种量上稍微差点儿，就把山药窖里的山药切了些，看来以后不能这样凑合了。临近中午还起到一小片红山药。这个品种好吃，但产量低，是他们给自己种的。

后山地区延续了去年的好年景。虽然春雨来得迟，有些地方夏天还遭遇过一场带有毁灭性的大冰雹，但返秧后的土豆依然长得很好，完全没有辜负种田人。三白今年种的是产量高且耐储藏的克新一号，一锹锹翻开松散的沙土，看着光洁可爱的山药蛋骨碌碌散开，无论个头还是质量，都很让人满意。

因为是人工起，我们干得很悠闲，没有那种跟在机器屁股后头捡的紧迫感。一直干到中午，三个人停止劳动，拍打拍打手上的泥土，在背风的四轮车右侧席地而坐，围成个小圈儿开始吃喝。刚过完八月十五不久，我们的午餐是他们早上从家里带来的月饼和水果。三白媳妇说，月饼是村里的老人帮着烙的，自己不知道油糖比例，也不会拌月饼馅儿，我说比商店的月饼好吃很多。边吃边聊，就聊到了孩子。自从村里学校撤并，三白家的两个孩子也和其他人家的孩子一样，得去十多公里以外的乌兰花上学，也不得不在那里租间房子，由三白媳妇照顾她们的日常生活。三白说父母都快八十岁了，不能下地劳动，只好把媳妇儿叫回来突击起山药，把老母亲换过去给孩子们做饭，省心也省事。正说着，三白手机响了，是在乌兰花的老母亲打来的，大致是说马上要变天，柴炭米面都不多了。三白应承马上想办法往上送。

其实我一直不理解为什么要撤并乡村中小学校。是为了教育资源的配置均衡，还是为了提升学习环境？反倒觉得除给每个农村家庭增加经济负担外，根本没有明显的好处。像三白这两个孩子，原来在村小学上学，不用接送，更不用人陪伴，也不耽误大人种地放羊，更不用付房租和那来来回回的班车费。有车的人家自己往乌兰花送孩子，其他不说，往返二十块的过路费是必须花的。

人工起土豆很辛苦，一窝一窝挖，一个一个捡，还要装袋子、装车，拉回去放到窖里，等行情好的时候再卖。我问他们每天得忙到几点，三白说从早上出来，天一黑回家，到两人把山药下了窖，也十点多了。简单吃喝一口就上炕睡觉，歇好了第二天照常下地。每天这样起早贪黑，二十亩地，天气不出问题也得忙乱将近一个月。

吃过干粮稍微歇了歇，我们又开始劳动。不远处传来一阵突突突的马达声，三白说那是机器在起山药，比人工起省力。三白说，这是小型机器，人家种几百亩地的都是大机器起，雇人捡。我问雇一个人得多少钱，他说今年工钱又涨了，日工男的两百块，女的一百八十块，就这价还不好雇。

下午的风比上午小了很多，再加上太阳的暖意，我感觉干劲儿越发足了，说明骨子里农民的本质没丢。又干了一会儿，看看起出的山药不少了，他俩也放下铁锹拿上箩头和我一起捡山药、装袋子。我们边劳动边说笑，五点钟太阳偏西准备收工时，一数，起了二十六袋儿。按一袋八十斤算，总共有两千多斤。

# 明信片

整理书架和抽屉，翻出几张明信片，其中一张是写过字却没有寄出的。

为什么写好没邮寄？仔细看，发现是写错一个字，把“亲”手寄上，写成了“新”手寄上。时间是一九八九年十二月二十七日，准备寄给内蒙古大学艺术学院沙痕老师，祝老师“工作顺利，生活如意”。大概是因为心里想着马上就要到来的新年才写错了。

我用的是普通明信片，由硬纸卡印制而成，一面是霞光里的雪山松林，另一面为纯白色。白鬼的这面一分为二，一侧印有填写邮政编码的小方格，贴邮票的线框，书写收信人地址、姓名的横线；剩余的二分之一空白，用于书写新年寄语。

上中学时，每年一到十二月底，学校传达室天天都会收到邮递员送来的很多明信片。为了被主人早早带走，明信片都被立在窗玻璃上，一进学校大门就能看见。我们那会儿零花钱少，早晨买个油条、焙子还得精打细算，很少有人能挤出钱去购买明信片和邮票，况且也没啥可寄之人，但大家喜欢三五成群跑到校门口围在窗前看。欣赏上边儿的风景，点评钢笔字的好赖，主要是看他们的主人是谁。其实那个年代，能收到明信片的大多是老师，偶尔有高三的学姐学长收到了，瞬间成为羡慕对象。我们也会默默记下一些诗情画意的词语，希望将来自己能用上。

现在过元旦，贺卡随便买，吃的随便挑，游戏反倒成了陪衬。我们那会儿呢，提前半个月开始排练节目，每人交个五毛一块，班里统一买点儿瓜子、糖，虽然东西少，但玩儿得尽兴。偶有同学带来张贺年卡片，那稀罕的，能传看好几天。

没有电脑、手机的年代，我们几乎都要买钢笔字帖，努力练字，为的是让作业整洁又好看，考试时也不会因为字迹潦草被扣分，打好基础到写信、写明信片时也多了自信。一个能写一手好钢笔字的人，在别人眼里，绝对是一个有文化的人。

我高中毕业后，和几个去外地当兵的同学联系，靠的就是写信。不涂不改，认认真真，有来有往，见字如面，乐此不疲。仔细回想，我没有在新年到来之际，给他们当中的任何一个寄过写有新年祝福语的明信片，因为我们要说的话实在太多，一张小小的明信片根本写不下。

使用明信片，是在工作之后。那时因为热爱写作，结识了《呼和浩特晚报》副刊编辑王继周老师，又在王老师组织的文学沙龙、文学培训班和文学夏令营里，结识了很多老师和同道中人，其中就包括艺术学院的沙痕老师。大概从一九八六年开始，我每年都要挑选一套精美的明信片，在元旦前几天认真写好，贴上邮票，一一塞到单位旁边邮局门口的绿色邮筒里。年年复年年，我的祝福都寄到了哪里，寄给了何人，真是想不起来了。后来，我曾经收到的明信片，也和那些往来信件一样在搬家时被混在了废纸堆里。如今后悔晚矣。

明信片的魅力，在于它毫无私密可言，那才是“晒”。谁从哪里寄给谁收，是在交流思想，还是在联络感情，抑或附庸风雅，一目了然。如果上面有好看的字迹，那就更不一般了。

现在，还有人能收到手写的明信片吗？

# 糖和糖纸

几个奔五的人坐在一起喝茶聊天，聊到小时候吃糖、攒糖纸。

小时候拿着少有的零花钱进城去买水果糖，不管在南门外的铺子里，还是在鼓楼附近的铺子里，面对我们这个级别的消费者，售货员不用秤称，去哪个铺子都是一毛钱给八块儿或九块儿。现在想，人家那是早就算计过了，一斤多少钱，一斤多少块儿，一毛钱能平均几块儿，卖的时候就省事。这和糖块儿本身的大小有直接关系，我就曾经因为售货员少给一块儿糖，和人家拼命吵了一架。

那年，呼和浩特市场上来了一种新式水果糖，糖体上有一只突起的小飞燕，我们叫它飞燕糖。飞燕糖的体积明显比原先一毛钱八块儿或九块儿的要小，内蒙古人民医院对面朝阳商店的售货员很公道，一毛钱给十块儿。现在知道那叫“童叟无欺”。后来村里开了个供销社，也卖飞燕糖。站拦柜的女人是个侉子①，公社派

① 说话带有很重外地口音的人。

来的。我给她一毛钱买糖，她数到九块儿，就把糖罐子嘭的一声盖住了。我赶紧说，还少一块儿。她看都不看我就硬邦邦说：“够了!”我扒拉着数柜台上摊开的九块儿糖，又说一遍少一块儿，她就不耐烦地拧起了眉头。跟我来买糖的一帮小孩儿开始帮我要那少给的一块儿糖。那个外来女人靠在柜台上，眼睛向上一翻，根本不把我们放在眼里。小孩子天不怕地不怕，平白无故少给一块儿糖，谁干？就和她吵。七嘴八舌，指手画脚，脸红脖子粗，集体围攻。最后她被吵得没有办法，生着气揭开糖罐子，抓出一块儿狠劲儿摔到柜台上。

过去除了春节时能过过吃糖瘾，平常想和现在的孩子那样兜里揣着各式各样好看又好吃的糖块儿，简直是做梦。所以，有的孩子为了让偶尔得到的一块儿糖耐吃，就想了个法子，每次剥开糖纸，只用上下牙往下嗑一小块儿，黏到上嘴唇上，一下一下舔着吃。当年我们还如此这般舔食过中药厂的甘草膏（俗称膏子），虽然味道有点儿怪，甜得也不正宗，但就那也舔得不亦乐乎。

过春节时自己家买糖，去别人家拜年也能吃上糖、拿上糖。糖多了，我们就自己动手做棍棍糖。这个也简单。把水果糖糖纸剥开，连纸带糖放到炉盘子上，等糖的下半部分化软了，一手轻轻按住糖块儿，一手把从大扫帚上撇下来的枳芨棍儿插进去，并快速衬着糖纸拿起来放到事先准备好的冷水瓢中。只需片刻，糖遇冷重新凝固，糖纸也泡下去了，一个棍儿糖就做成了。

因为糖少见，糖纸也显得很珍贵。那些年，哪个女孩儿没玩儿过糖纸？哪个女孩儿书包里没有一本夹满糖纸的书？课余时间，我们互相欣赏，互相对换，有时也用糖纸扎蝴蝶玩儿。疯玩儿糖纸的儿童时代，我爸时常坐着火车到全国各地出差，推销呼市乳品厂生产的青山牌奶粉和麦乳精。每次大包小包接站回来，表面看是替我妈往出拿那些给人捎的东西，实际是为了找糖。我爸没有一次让我们失望过。

我们吃糖、攒糖纸，攒满一本就拿出去炫耀。在众多外地糖果中，北京的杂拌儿糖口味最多，酥糖，软糖，奶糖，咸味糖，话梅糖，陈皮糖，都是义利食品厂生产的。上海的糖纸最好看，糖也最高级。有一年我爸从广交会上买了一斤水果糖，可惜都是一样的糖纸。呼和浩特糖业烟酒公司糕点加工厂过去也生产糖块儿，糖纸的风格和现在蓝旗水果糖糖纸长得差不多。乳品厂也做过糖，试生产时我爸拿回家几块儿，我至今记得一股浓得有点儿发麻发辣的香精味盖过了糖应有的甜味。可能是技术不过关，它成了短命产品。

我七八岁时，村里娶媳妇的人家要在正房房檐下悬挂一面红旗，有的还在上面贴上毛主席像。司仪主持，新娘新郎在红旗和毛主席像前行结婚“典礼”。“典礼”仪式一结束，人们就约定俗成把家门堵住，嘻嘻哈哈耍笑着不让新媳妇进屋。每当这时，总会有人按规矩出牌，一扬手，越过人头，把一大把水果糖朝人群后面的空地抛撒出去。那可是糖啊，人人稀罕，男女老少早忘了新媳妇，掉转头一窝蜂都去抢糖了。那把糖让人群欢腾又混乱。

有跌倒的，有趴下的，有手被踩住的，有帽子被挤掉的。负责把门儿的人也抢糖去了，新媳妇趁机跑回屋里，坐到炕上。我打小显得有点儿矜持，虽然也馋糖，也想上去抢一块儿，但始终只是想想而已。有的孩子因为抢不到糖恼哭了，大人就拉着他们的手去找新媳妇要糖。大人说，快给上块儿喜糖哇，看看这恼的。新媳妇伸手从上衣兜里掏摸出两块儿。那孩子拿上糖，破涕为笑，抹着鼻涕跑了。到我十几岁我大哥结婚时，虽然是农村，但席面上已经有了糖和瓜子，是一个红纸包，等一桌十个人坐齐了，端盘子的才给上。和糖、瓜子一起上桌的，还有一碟喜烟，一盒印着大红喜字的火柴。

二〇〇四年老房子拆迁时，我在杂物里翻腾出一大本压得平平展展的糖纸。但那个时候脑子里千头万绪，根本没有把那本糖纸收藏起来的意识，只随便翻着看了看，就随手扔到了打算卖掉的书报堆上。

# 家住赛罕区

一九九八年初，终于结束租房生涯，成了有房族。

房子虽然位于今天看来灯光璀璨、车水马龙的昭乌达路，且距赛罕区政府大楼仅几百米之遥，但当年，那可是名副其实的欠发展城郊接合部。也就是说，彼时我们仍在郊区打转转，只不过从城中村搬到了村边城而已。

那时候，给人介绍房子附近的标志性建筑，一个是路东靠北的假肢厂，一个是路东靠南的牧机所，除此再无其他可以说得上来的参照物。虽然离内师大很近，可那会儿内师大南墙外根本不是现在的鄂尔多斯大街，而是一条小土路和东瓦窑村的菜地。今天的学府花园一带，当时是又脏又乱的平房区。出行和购物就更不用说了，街边零星小店个个灰头土脸，商品单调得让人一进去就后悔。公交车呢，只有一趟，终点站就在牧机所门口。出租车更是难得一见。宽宽的马路修到牧机所门口戛然而止，再往南，就是后巧报村的菜地和一条尘土飞扬的土路。最不可思议的，是晚上竟然没有路灯，太阳一落山，外面漆黑一片，伸手不见五指。

为此，很多人觉得我们把房子买在这里，一定是大脑和眼光都有问题。我们自己心里却有数，发展是早晚的事，急什么。

果然，不方便的日子没过多久，马路尽头就开始挖大沟，沟两侧摆满水泥管子。那些管子很粗，我们领孩子去附近菜地边玩儿，赶上下雨，可以推着自行车钻进去避雨。问干活的工人，被告知说管子埋好后，上面要修柏油路，和牧机所门口的马路连在一起，直通鼓楼立交桥。

忙忙碌碌，就到了二〇〇〇年。呼市进行新的行政区划，原来的郊区，成了首府第一大区——赛罕区。郊区和赛罕区最大的不同在于，前者是单纯的农区，而后者，是既有农村又有城市的新型城区。我们的身份，也从郊区人，变成了赛罕区人。

家住赛罕，看着她一天天发展、发亮、放光，其速度快得叫人有些惊讶。

寒来暑往，只不过十几年，当初黑灯瞎火的“穷乡僻壤”，一转身，高楼林立，霓虹闪烁，道路纵横，大桥飞架；经济实力与文化气质相互渗透，共同发展，比翼齐飞。再有人问我家住哪里时，回答得十分有底气：宾悦大酒店往南，海德酒店斜对面儿，赛罕区的心脏地带，公交车四通八达。

家住赛罕，享受着今天的和谐美好，也常常念及这片土地的曾经。先人们在大窑村的石头上敲打出如钟磬般美妙的叮当声，缭绕在万部华严经塔四周那清脆悦耳的风铃声，圆通寺前年迈老戏台上咚咚锵锵的锣鼓声，金河镇古城遗址那令人遐想的刘秀砖，石人湾村被深深掩埋于地下的历史和秘密……

如今，随着市区不断向东向南发展，赛罕区的变化可谓日新月异。老旧城区改造，新农村建设，城中村整体拆迁，众多文化大院和草原书屋的建立，对民间艺术的重视和保护，所有这一切，将成为赛罕区继续奋进的助推剂。

作为一个写字的人，我也想用自己手中的笔，在赛罕区美好的蓝图上，或浓或淡，留下一笔感情的记忆。

# 会笑的人最美

售货员是个二十来岁的姑娘，在打假期工。

平心而论，她长得不算漂亮，穿着打扮也规规矩矩不时髦，属于还说得过去那一种。但很奇怪，我进店第一眼看到她时就觉得，这孩子有一种说不出的美。后来发现，这种美，来源于她的笑。一种让人感觉很亲切、很随意也很安全的笑。

她不像其他专卖店里有些女孩儿，被培训得貌似伶牙俐齿，总是喋喋不休地紧跟在你屁股后头，什么这件适合你啦那件穿上有气质啦，其实是千人一套的说辞，热情得心烦，别说买，连看的心情都没有了。

这个姑娘不同，非常有礼貌地和我打过招呼，就站回吧台后面，安安静静，用她那双会笑也会说话的眼睛，陪着我在店里走来走去。这样的环境我感觉很轻松愉快，就是逛一个小时啥都不买，也没有丝毫人家卖力给你介绍推荐，你却一毛不拔的愧疚感。心里舒服了，便细细研究起货架上那些长衫短褂，看有没有哪一款适合自己。还别说，看着看着，真看上一件。就在我拿起来往身上比画时，女孩儿不慌不忙，笑盈盈边往过走边说，这衣服虽然属于过季货，但折扣大，质量更没问题，颜色和款式也属百搭，哪年穿都不过时，现在买真是挺合算的。

简单又实在的话，加上本身没的说的品牌和价钱，我毫不犹豫就买了一件。

还有一次是去买擦脸油。店员也是个女孩儿，纯洁到脸上那几颗痘痘都十分可爱。听我说明意思，她把我引到国产柜台前，介绍目前正在搞促销的一款本来就价位不高的三件套装。看我犹犹豫豫怕用上过敏，她随手从柜台里拿出一盒精致的试用装，像小妹妹对待亲姐姐那样笑着对我说："先用这个试试，如果没啥反应再过来买，如果过敏咱们再看其他产品。"

说来也奇怪，这十大几年，我一次又一次尝试，却始终被一种油因为使用年限太长、产生依赖而无法用其他产品替代的问题困扰，可这一次，居然一点儿反应没有不说，甚至比用原来的油还舒服。事后我想，该不是那个女孩儿的笑起了类似药引子的作用？此后，我家用的洗化用品，都从这家洗化店购买。

曾经在报纸上看到一则消息，说有个老板在创业之初，就把微笑作为企业文化的首要来抓，因为他深谙微笑有不可估量的价值。其实不光企业，大千世界，人与人之间，一个自然简单的笑，不仅可以温暖人心，在服务行业还能成为利润增长点，有时甚至可以化干戈为玉帛，一笑泯恩仇。

常言说："笑一笑，十年少。"如果我们随时都把笑容挂在脸上，那岂不越活越开心，越活越美丽，越活越年轻啊！

# 味觉之秋

对于塞北来说，秋天不仅是成熟的季节，更是味觉的天下。大地丰收。经过一系列采摘、收割、挖掘、捡拾、晾晒，抑或简单加工，那蕴含于赤橙黄绿、青蓝白紫间的各种味道，用吸收了露水风霜与日月精华的天然之美，诱惑着人们的每一根味觉神经。接下来，用上等羊肉清炖或红焖土豆、萝卜，用辣得眼泪横流的新鲜洋葱煸炒嫩牛肉，用金黄的小香米熬制口感上乘、营养丰富的倭瓜粥，用葡萄酿造美酒，用果子熬制果酱和果丹皮，所有这一切，都会让舌尖上的每一个味蕾心情舒畅。在尽享美味的同时，秋天的任何一种食物，都会让人浮想联翩，感恩大地，感恩劳动，感恩盛世年华的风调雨顺。

秋天也是一个张扬的季节，所有果实成熟得毫无遮掩，喜形于色。莜麦在风中摇铃，玉米在月下歌唱，土豆撑破地皮，葵花弯腰驼背，大萝卜腰身挺阔，小萝卜秀外慧中，榨糖的甜菜白胖可人，养生的枸杞一片艳阳天，油菜籽在收割机的轰鸣声中散发出阵阵香气，大田果类菜老少联合出来谢幕，水果店的石榴更是咧嘴儿笑得心花怒放。所有食材和果蔬大不相同的味道和用途，正是它们各自的撒手锏。而对于主妇来说，如何让冬天的日子过得有滋有味，也是人生布置在秋天的一道考题。

红，代表激情、温暖和火热。多数人家会挑选一些红红的辣椒和红红的西红柿，加上紫皮大蒜，用坊间流传多年的配方，做一坛留香长久的蒜蓉辣酱，去温暖冬天的胃和冬天的心窝。卖辣椒的商贩也卖新鲜韭菜花，白白的，碎纷纷的，一朵是一朵，散发出独一无二的辛辣味。买二斤，回家择洗干净，拌上盐，捣成翡绿鲜香的韭菜花。一勺一勺往瓶里摁的时候，就好像把秋天也一同装了进去。

一年一次的大腌渍也在秋天。主妇们用挑剔的眼光，在菜市场里选购各自所需的食材：芹菜、芋头、芥菜、洋姜、雪里蕻，需求量最大的是圆白菜和长白菜。在腌渍的过程中，时间和盐让这些食材从无味转化成美妙的酸味，而这一过程，季节的作用难以替代。

与冬天众多反季节产品相比，且不说口感和营养成分，秋天赋予瓜果的味道，更为芳香怡人。橘子、苹果、石榴、葡萄、雪梨、脆枣、柿子、猕猴桃……所有的味道齐聚市场，营造出一番丰收喜悦的氛围。有时候你只是路过，并没有买的意思，但那些味道会悄悄溜出摊位，像调皮的孩子调皮的风，走街串巷跟着你，追着你，追得你满嘴生津，就走不动了。

秋天，还是一个贮藏美味的季节。金瓜晒在窗台上，土豆、红薯放到窖里，葱一把一把绾结晾在外头，晒好的干豆角收入袋中，蒸熟的小茄子拌上香菜、尖椒、蒜末、味精、盐，冷藏到冰箱里慢慢儿下饭。再买一些农民刚刚打下的新绿豆和新黄豆，准备冬天生几盆放心爽口的豆芽。

这个季节，所有人在忙。地里忙着收，市场上忙着卖、忙着买，家里忙着贮藏腌制，这就是味觉的秋天。

# 葵花朵朵

再次坐车穿越大青山来到广袤的四子王旗，正是葵花朵朵盛开、蜜蜂嘤嘤成韵的好时候。

知道葵花的学名是向日葵，娘家远在北美洲，但习惯上，我还是喜欢叫她葵花，或者和当地人一样，叫朝阳阳。我觉得朝阳阳这个名儿最好，透着亲昵，就像母亲喊自家孩子的小名儿一样。

小时候，桥靠村我们高家大院儿还没拆旧房盖新房时，空地上除了种玉米、南瓜，每年必须种些葵花，要不过大年就没有待客的东西往桌子上端了。葵花的叶子如蒲扇，夏天可以像荷叶一样被我们小孩儿顶在头上遮太阳，另一个用处是女孩儿拿海娜花染红指甲时，撇几片来包手，防止把绿色汁液弄到被褥上。虽然手被葵花叶子的软毛刺扎得发痒难受，但那会儿没有塑料袋儿，烂布片儿都得留着打袼子做鞋底儿，真是别无选择。

俗话说：“三分种，七分管。”葵花长到一尺高，我爸边锄地边给葵花苗根部培土。有一天下了一场大雨，雨后我去看葵花。培了土的苗子都挺直腰杆，站得直溜溜的，地边儿一棵忘记培土的，像个没人管的孩子，可怜兮兮倒在泥水中。幸亏我发现及时把它扶起，要不秋天就得少收获一个葵花盘子。

葵花长到一人多高，我爸让我们去把下边儿那些叶子都打掉。我问为什么，我爸说为了通风，为了节省养分，为了让葵花长得壮实些好早早开花结籽。

这活想着都过瘾。我们马上钻进葵花地，两手左右开弓，嘁里咔嚓，葵花苗下部的几层叶子一会儿就被我们打掉了，低头看，一片光杆儿司令。据我观察，打掉叶子的葵花果真比以前长得快，也长得壮实。

葵花长到要开花儿了，我爸搬来板凳，站上去，毫不犹豫就把葵花头四周长出的一大群小脑袋全部掰掉。我觉得很可惜。心想要是都留下，都开花，都长成葵花盘子，那不是能多打很多瓜子吗？

等到过了国庆节，葵花头沉得都快站不住了，往下割那些快有脸盆大的葵花盘子时，我才知道当初的想法是错误的。邻居家那葵花圪榄上正如我原先所愿，顶部结着一堆小葵花盘子，但瓜子不大，空壳还多，真是胜了数量，却输了质量。我家葵花盘子结的瓜子又多、又大、又饱满。通过这件事我还明白了一个道理，就是不管面对什么，贪，总是亏的源。

从夏天到秋天，四子王旗大地上随处可见的葵花地里，花儿朵朵向阳开，开出了寓意美好的黄色花海。那是芬芳四溢的信念、光辉、忠诚、缘分，也是涵养和气质的体现。对于文森特·梵高来说，黄色代表阳光，阳光象征爱情，所以，他的画作《向日葵》，便有了超出植物的另外一种含义。

初秋，这个阳光恰到好处的下午，我用镜头面对原野上朵朵盛开的葵花，从取景框延伸的想象里，仿佛回到童年，回到已经被高楼大厦取而代之的故乡老宅。

## 看秋风

午后，我爸提着保温壶去看戏，我妈提一袋刚从树上摘下的人参果去看我姥姥，我坐在客厅里负责看门，也看外面的秋风。

九月，塞外青城呼和浩特已是秋高气爽。你得承认，在这个季节，风不光有了颜色和味道，还有了方向。

我隔着玻璃看秋风时，秋风正在院子里打着旋儿看我。后来，大概是觉得看我没啥意思，它又打着旋儿，哗啦啦蹿到了树头上。

秋风把树上那一层摞一层的树叶，像多米诺骨牌倒掉一样左左右右地翻过来又翻过去，一定是想让我看看那些深藏不露的果实。当然，更是想让一些太阳的红，尽可能多地涂抹到每一个果子身上，变成秋色。

我想闻一闻秋天的味道，就走出去站到树底下。那些果子和邻居家葡萄架上散发出的淡淡香味，便随着秋风钻进我鼻子里。这时候的秋风，已经跑远了。它跑过凉亭，跑过草坪，跑过那个小女孩的裙子边儿，又爬到高高的梓树上，顺着光溜溜的树干滑下来，擦着地皮嗖的一声，钻到旁边一丛红姑娘里头去了。我跟着风过去，发现那些前几天还绿绿的小“姑娘”，现在不仅饱满了很多，而且都已变成可人的橘红色。这橘红，应该是“姑娘”们悄悄收藏起来的阳光和秋色吧。

秋风经过每一缕阳光时，每一缕阳光就会把镀了金的温暖送给她。最好看的秋风，应该在田野中或者山坡上。我到达田野的时候，闪闪发光的秋风已经等在那里很久了。看到我，秋风一路横冲直撞刮过来，兴冲冲领我去看那些躺在一起晒太阳的玉米棒子，看已经挖出来正被装袋儿准备运到城里去出售的土豆，看一坡一坡起着波浪的莜麦和谷子，看齐刷刷站在那里摇头晃脑的红高粱。

有很多羊正卧在河边休息，羊倌儿也坐在石头上打盹儿。秋风看见了，就丢下我，调皮地去吹吹每一只羊身上的毛，又吹吹羊倌儿头上那顶落满灰尘的帽子，算是跟他们打个招呼。

秋风一路招摇，引导我绕过一片小树林，来到一层浮在枯枝败叶上的嫩黄跟前儿。那黄，原来是我夏天看过的油菜花，现在的梅开二度或返老还童，无非是想给万物衰亡的秋天，增加一点最后的明艳和生机。

好看的，还有秋风经过一片芦苇时，那种伴随着美妙声响的起伏。那种情景，不由得会让人猜测，在《诗经》的年代，君子好逑的窈窕淑女，是否，就藏在不远处的水中央呢？

只是这个午后，我哪里也去不得，只能坐在客厅里，或走到院子里、小区里，看那些离我最近的秋风。

## 成长的快乐

自打孩子上了学，每学期期中考试和期末考试一结束，学校都要召开一次大型家长会，如果没有特殊理由，原则上校方是不允许任何一位家长缺席的。女儿的家长会，我从她入学一直开到高中毕业，一次都没有缺席。

就像女儿在博客中写的那样，从小学到高中，她不能说有多么优秀，但起码从来没有给我“争取到”一次挨批的“小型家长会”待遇，这已令我非常满意、非常骄傲了。

其实，在她的教育问题上，我们从来没有刻意追求过什么，比如赢在起跑线上的早期教育、多兴趣培养，更没在学校的学习任务之外，给她增加过任何负担，她甚至都没有尝过补课的滋味。即便前一段时间面临高考，也无任何备受煎熬的感觉，仿佛一切自然如常。

记得从上小学开始，我对她说得最多的一句话就是：你照顾好你的课本，我照顾好你的生活，咱们各负其责，如有闪失，后果自负！这样，我们过得都很从容。孩子该学习的时候认真学习，该玩儿的时候就放开了玩儿，该休息的时候便好好休息。到了周末，如果天气晴好，我们一家三口就带上些吃喝，骑自行车上城东的树林中去游荡一遭。运气好的话，还可以挖到一大袋子味美可口的鸡腿菇或大白蘑。我们的生活，简单而惬意；孩子的成长，简单而快乐。

仔细回想，这么多年来，女儿一直都在满足我的合理要求。我下达的合理任务，她总能恰到好处地完成，只是从来没有超额的意思。比如我随口一说，用不着争第一，但小学成绩必须保持在班级前五名，结果她就在一、二、三之间徘徊了六年，而多次不争自到的第一名，为她在小学生涯中赢得一张市级三好学生的奖状。升入初中，她仍按我很正常的要求，毫无悬念地进入重点班，然后入团、考入重点高中。高中阶段依然是我随口一说，女儿便真的去参加了学生会管理者的角逐，凭实力当选组织部部长，但学习依然不是很拔尖儿。有时我也会好奇地问她，是不是我的要求偏低。她呢，总是嘴角一撇，无所谓地说，差不多吧。问归问，过后我也没有加大任务量的想法，她也没有超额完成的热情，一切顺其自然。

高中二年级时，有一学期期中考试一结束，女儿就通过电话先给我打了预防针，说她这次如何如何没有发挥好，考试时如何如何不在状态，所以……估计……大概……可能……差不多排名要比上次靠后一些些。我说无所谓的事情，只要你用心学了，又考得不是太烂，我就能接受。

四月二日开高考一模后的家长会，校方和班主任一番紧锣密鼓的敲打，搞得我这个向来不把高考放在眼里的人也有了些许紧迫感。可散会后到家，看着坐在我对面幸福地吃着晚饭、除了学习什么都谈的女儿，我马上就释然了，能有什么比孩子的健康和快乐更重要呢？

曾经有一位小学老师说过："树木都在向上生长，江河永远向前奔流。每个人也都有向上的愿望，学生更是如此。"所以我认为，没有一个孩子不想上清华和北大，但结果，受制于个体差异和录取名额。

高考成绩公布那一天，看着电脑屏幕上让人满意的分数，我和女儿奋力击掌，分享又一份成长道路上的快乐。在后来令很多家长头痛的填报志愿环节，我依然是一副袖手旁观的架势，任由她自己决定。因为我深谙，学什么并不重要，重要的是学有所用。条条道路通罗马，学习只是手段而不是目的，成长的快乐才是我们应该送给孩子最好的人生礼物。

# 梅之约

今日晨起，睁眼看花不见花，方知昨夜梅入梦乡来。

睡梦中，那每一处梅，都开得肉嘟嘟、粉嫩嫩的，且不是一朵，是百朵、千朵、万朵，挤在长长的枝条上，一串一串，像化了浓妆的榆钱儿。这么多花一起开，简直有些敲锣打鼓的架势，兴奋大胆，夸张无度，咄咄逼人。你说在春天里，除了这梅，谁还能开出这样的大场面。

确实，从节气上来说，不管再怎么倒春寒，这几天正该是梅花朵朵诗意重、暗香涌起醉情怀的好时候。梅之入梦，一定是提醒我这个爱花之人，千万不要错过一年当中仅此一次的梅之约。

依照老规矩，带上相机和看花的心情，出门向北，内蒙古师范大学是第一站，满都海公园里的梅苑，是第二站。这是我历年赏梅的固定路线。

天哪，隔着铁栅栏，我就看到那一堵粉墙了。

学院东门里的梅，就像梦里呈现的那般花团锦簇、耀眼生辉。我无法从植物学的角度分门别类地赏花，但那一树挨一树深深浅浅、花形稍有差异的梅，开得激情奔放又含蓄内敛，其唯美浪漫色彩，令人陶醉而沉湎。

这万朵梅花，不是蜡梅，不是照水梅，不是宫粉梅，不是玉蝶梅，也不是金钱绿萼，更不是历经沧海桑田的楚、晋、隋、唐、宋之五大古梅，而是专门用来打扮北方春季的复瓣榆叶梅。榆叶梅也有两个很灵秀好听又诗情画意的别名，叫小桃红或鸾枝。

内蒙古师范大学校园里的榆叶梅一树高、一树低，一树浅、一树深，簇拥在一起，很显婀娜，也很显层次美。满都海公园梅苑里的梅，大概是修剪的缘故，年复一年，永远像长不大的孩子，平铺直叙地开过，花瓣缤纷而落，化为泥土，静静地养育自己的下一个花期。

万朵梅花看过，三弄的情怀荡漾如水。想那无数梅花香梦陨落，内心不禁平添一丝淡淡感伤，长亭转角处海棠依旧，试问这梅苑，谁曾是谁的小桃红？

转念一想，人的一生正如花的一生，在最好的季节幸福绽放，才是生命的终极追求。

在花开的日子里，一定要让笑脸和万朵梅花一同沐浴春风。虽然此梅非唐诗宋词中被千歌万咏、高风亮节之梅，但眼前这些复瓣梅朵，同样开出福喜寿祥的文化味道。

此生，能如一株梅那样活着，有灿烂，有沉寂，便知足了。

# 杏花辞

四月，木香深处那沉沉的杏花梦，被风摇醒了。

蛰伏已久的枝干蠢蠢欲动，仿佛瞬间，就裂变出无数花蕾；蕊还未曾点破凡尘，暗香已悄悄涌动。

塞北春寒料峭，怎见一枝红杏出墙来？

你说无须绿叶陪衬，清风明月足矣。

丹唇轻启，泄露怀春的秘密；朱颜微开，蜂儿闻香即至。

有多少含羞的杏花，就有多少诗一样的女子；那般兰心蕙质，那般文静娴雅，花瓣上流淌着琴音，如泉之低语，似露之清澈。

蜂飞是杏花的欢愉，蝶舞是春光的明媚。

很多人来了又走了；杏花如故，心无结，一往情深深几许。

一朵开了，两朵开了，千朵万朵开了，所有杏花儿开了。

阴山之阳，到处是牧童遥指的杏花村。

微风熏人醉，花开花有声。

你可知道，那千年杏花魂，曾美艳过多少女子的面颊；又从一树红粉到一树雪白，妖娆过多少才子佳人，尽赋好辞章。

是谁敲响古刹的钟声，让几万万朵杏花在钟声里妩媚，葳蕤着前朝旧影；那衣袂飘飘的花神，正手执团扇，脚步儿姗姗，一些花瓣落上乌黑的发髻，莞尔一笑，顾盼生辉。

无人知晓杏花的秘密；开就开，落就落，即使空欢喜，化作泥土，也守口如瓶，不负春光，不负美。

就拈几朵落花吧。置于宋朝的木叶盏，那滚沸的山泉中，花开二度，依然纹理清晰，楚楚摇曳，翻卷出一场多情的杏花雨。

杏花看似柔弱，却可为人类强筋除痹祛风湿。

我不知道乌素图第一朵杏花开于何时，也不关心最后一朵落于何日；我只是告诉你，那满径的花香，那飘不散的飞雪残红，只为等你。

# 穿越大青山

汽车下机场高速公路，一路向北，过大学城后，就进山了。

二〇一五年五月十六日早上七点，小井沟景区的停车场里已经停了很多小汽车，应该都是周末自驾游。我们的目的地，是“不教胡马度阴山”的阴山之北，也就是后山那地方。有人曾告诉我水磨村村北有过去阻挡匈奴骑兵南出的“当路塞”（俗称“挡马墙”）遗迹，有机会一定要寻访寻访。

近几年，因为老往后山跑，就有了无数次穿越大青山的经历。有雾的时候，有雨的时候，春天开花的时候，秋天树叶变色儿的时候；每一次，我都对越来越好的生态环境啧啧称赞。去冬今春看了很多大青山的雪景图，心又彻底被那宁静悠远、苍茫浩荡的白色征服了。不过，山里的最美时光，还是花开的五月。

因为海拔，山里和山后的春天都比市里要来得晚些，植物的花期同样也晚些。比如收尾的丁香，除“暴马”外，这时候市里早已繁花落尽，山里和山后却是刚刚开出模样。小小的珍珠梅开了，黄刺玫也正当时，叶绿花艳，接下来就该是山沟里黄花窝铺村的油菜花了。

我一提黄花窝铺，抱着方向盘的老刘说：“武川县哈乐镇那个只有十来户人家的门斗沟村你还记得不，前几天房子全拆了。”

“为什么？”

“十个全覆盖，房子政府出钱，都要给翻修。”

“那人呢？人都去哪儿了？”

“估计都暂时住到周围的村子里了。”

我说多好的政策啊，危房改造、安全饮水、街巷硬化、广播电视村村通、卫生文化建设、便民连锁超市、惠及农村常住人口的养老医疗社会保障工程……这工夫，车已开到了门斗沟村。路边的标识牌儿还在，之前所见有些破败的小村子果然不见了。房基都已推平，拆下的门窗和木料一堆一堆整齐码放在马路对面的高地上，估计冬天要当劈柴烧火。我真为老乡们高兴，生活中的诸多不方便从此消失不说，关键是改造后，下雨天再也不用担心老房子屋顶会忽然被浇塌了。

省道101在三十公里到三十五公里米区间，每年五月中旬，无论是路两边，还是两边的沟里，还是左拐右拐转来转去的山坡上，有一种我叫不上名的低矮灌木，那粉花儿简直是开得发疯了。粉有深粉、浅粉，还有白粉，一丛一丛，呼啦啦从沟里你追我赶开到山上，又哗啦啦从山上你追我赶开到沟里，有些花收不住脚，一跟头翻下来，跌坐在路边儿或远或近的大石头旁，沿路笑成了花海。每次经过这花海，我的心都会被染成粉嘟嘟，想起自己写过的诗句：转角处海棠依旧，试问，我曾是谁的小桃红？

山里不光花美，空气也好，植物不受任何污染，我觉得路边吃草的那些耕牛真幸福，渴了喝上几口山泉水，耕地或拉车时力气都会增加很多。后来又遇见几头小牛犊，闲散得不像吃草，像在路边溜达闲逛看风景。汽车过来也不怕，歪着脑袋看，还目送一下，非常可爱。还有小野鸡，刚孵出来不久的样子，踩着小碎步，一扭一扭横穿马路。我们的汽车远远看见就减了速。第二天从后山回来时再次遇见三只小可爱相跟着过马路，真想停下车抓一只，又觉得很不应该，瞬间打消了念头。

回程中，车过大蓝旗不久，老刘发现山里刚刚下过雨，因为马路忽然湿了。我一看，不光马路湿了，路边的草好像也比前一天高了、绿了。还有山上的桦树林、油松林、落叶松林，也都生机勃发的。

路边也有挖野菜的，看那齐腰高的口袋，估计不是自己吃，应该是要卖给附近的饭馆儿或农家乐。

因为是周末，游人特别多，沟里还支有烧烤架和五颜六色的小帐篷。但愿他们吃喝玩乐后，只把脚印留下，其他都带走。因为山是大家的，环境也是大家的，要人人爱护才行。

# 起地梨儿

天气预报说，又一轮大风降温要来，得赶紧去地里起地梨儿了。

地梨儿在书本儿上的名字叫地环，是一种多年生草本植物，只要今年不挖干净，明年后年大后年，那块地里，会照常一年一年往出长，真是挖之不竭、吃之不尽。

地梨儿的块茎非常小巧，也称得上是细皮嫩肉，一出土就白得能掐出水，所以也被叫作甘露，但我不太喜欢这个液体一样的称呼，从长相看，还是觉得叫“螺丝菜”形象。地梨儿呢，更是生动可爱，仿佛还带着铃铛的响，又散发着一尘不染的脆甜味，别说吃了，想想都口舌生津。外地人当然也吃地梨儿，但名字千奇百怪，重庆称其为地滚牛，陇南又叫地鱼儿。呼和浩特市周边呢，还有叫得勒儿的。

我们这茬人的童年，正是计划经济时期，现在稀松平常的腌地梨儿，那会儿可算金贵东西，甚至被称为细菜。尤其那糖醋地梨儿，更是稀罕得不行，有客来家能吃上此菜，绝对是上等招待。

小时候，我家院儿里也种过地梨儿，每年结不了多少，感觉不如种玉米葵花实在，后来就不种了。过去吃井水，清洗麻烦也是不种的原因之一，不像现在，有自来水和高压水枪，根本用不着拿刷子一个一个刷。可能因为产量太低，过去生产队也不种，秋天市场上基本见不到地梨儿，想腌也买不上。

在我记忆中，呼和浩特早期的地梨儿都是短小的单个，长得很紧实，也没现在的白，产量可想而知。第一次见到这种又长又有犄角的，是二十世纪七十年代末或八十年代初，那时候我姥爷在巧报公社上班，经常下基层检查农业生产，可能某年负责种子的部门引进了这个新品种，姥爷就在内蒙古人民医院北墙外自家院儿里试种了一小片，同时还试种了花生。夏去秋来国庆到，大人挖，我们小孩儿捡，花生没挖出多少，而且壳大果仁儿小，试种宣告失败，地梨儿却收获满满一铁筛子，算是大丰收。那次的地梨儿，一个有过去老品种的三个大，像长长的螺丝，真是人见人爱。

过去，在呼和浩特地梨儿的吃法只有一种，那就是糖醋。这个菜因为少，往往用小坛儿小罐儿腌，吃的时候也受限制，不像大缸芥菜疙瘩那样可以论盘儿上。一顿饭只给捞一小碟儿，往往馋虫还在半路，碟子已经空了。后来大人们想出一个好办法，拿上菜刀，去生产队收获过的圆菜地里砍一筐菜把子，削好，洗干净，切成薄薄的片儿，和为数不多的地梨儿拌在一起腌，我们终于解了糖醋菜的馋，下午放学回来，还可以捞点儿当零食吃。

一九八三年秋天，我第一次去北京，因水土不服，吃不下饭。同屋住着一个呼市老乡，她是医学院附属医院大夫，看我整天灰头土脸、萎靡不振，建议去不远处的六必居买点儿咸菜干儿，她说吃咸菜、喝白开水，我很快就能香饭了。在北京六必居，我第一次看到里面有地梨儿的“什锦菜”和“八宝菜”，有散卖的，也有小瓶装的，瓶装地梨儿就叫酱甘露。我按大夫说的，花三毛钱买了半斤似乎叫香干儿的咸菜，回招待所后边吃边喝，第二天一早，肚子果真咕咕大叫。

还有一种有别于地环的菊芋，也被乡人称为地梨儿，不过前面加了一个“大”字，叫大地梨儿。个头大不说，它长得还像生姜，所以又被叫作洋姜、鬼子姜。洋姜也是生命力超强的宿根植物，只要秋天不挖干净，来年开春早早就会长出来，非常省事。过去，洋姜被当花种在庭院的边边角角，春天绿意葱茏，夏天黄花覆顶，秋天的收获，反倒成了意外惊喜。因为产量高，洋姜远不如地环金贵，虽然也能做脆爽的糖醋口味，但更多时候，是被混入蔓菁、芥菜、红黄萝卜，一起下缸做水腌菜，早点吃热焙子，随手捞一块儿，也不用切，吃一口咬一口，再带劲儿不过了。切丝后拌上麻油、辣椒、香菜、葱丝，绝对开胃又下饭。

我心里想着这些旧事，手上也没耽误干活。一下午，两个人，一个挖，一个捡，地梨儿加洋姜，总共挖了一桶半。这个冬天，下饭菜是不愁了。

# 玩儿石记

玩儿石头真是出格了。

每天睡醒一睁眼，看哪儿都是石头。

饭桌、茶几、窗台、书柜、电脑桌、电视柜、沙发底下、窗帘儿后头，哪儿哪儿都是。盘里碗里罐里花盆里，手上脖子上书包上，哪儿都少不了石头的装点，真有点儿“石器”时代的感觉。

我玩儿的石头没有大个头，但总数绝对惊人。

石头越攒越多，一袋一袋，一盒一盒，一箱一箱，开始担心了。担心某天会把楼板儿压塌，连人带石头，一起漏到楼下人家，那可咋办！余秋雨一度为藏书而忧，我也时时为藏石而忧。

其实，担心能把楼板压塌的，可不止我一个。

贾平凹著书之余喜欢收藏，尤喜石头，且几近成痴，每次外出，总得往回带个一块两块，所以他家也到处是石头。据说他有块珊瑚化石，又大又沉，四个人一起用劲儿才抬上楼。除了石头，他还收藏瓷器、陶器、石雕、木雕等。很多朋友去他家，总是小心翼翼、提心吊胆，怕他家楼板不堪重负，某天会突然坍塌。

我最先想到的，是分散重量，就是不要让石头扎堆儿，尤其不能放在客厅的中央，要让它们分散到家里所有我认为最能承受重量的角角落落。哎，山无石不秀，室无石不雅，可室要是石头过多呢？

想起那年文研班采风阿拉善，不管去哪里，我两眼都在地上搜寻。那可是出产奇石的地方，千里迢迢去一趟，咋说也不能空手而归。去东风航天城的路上，司机把车停下，以路为界，男右女左，各自方便。没想到，可以方便的低洼处全是石头。根本没时间挑肥拣瘦，一泡尿的工夫，我随身背着的书包就差不多满了。上车后，文新学院高老师嘴一撇，笑称我捡了一书包“尿结石”。蹲在我旁边的杨同学也捡了一块，拿在手里，扔也不是，不扔也不是，和我一样，心里纠结着“尿结石”这三个字。

汽车很快到达东风航天城，高老师在前，杨同学在后，我又紧随其后，相继下车。此时的杨同学思想斗争已结束，脚和手里的石头一起落地。那块当时我也看上并想捡的白色戈壁石在落地的瞬间，居然被眼睛笑成一条缝的高老师弯腰捡起。幸亏我没嫌弃我捡的那些石头。有人说我捡的石头里有一块儿就地能卖五百块，可我哪里舍得，连同后来在新西庙和去策克口岸的路上捡到的石头，全部背回呼和浩特。

跟随摄影家去老牛湾采风时候，我带回一块儿冰洲石。去五良太采风，从路边捡了几块儿料姜石。在清水河航拍，翻捡当阳桥下一堆碎石，竟然也有一块儿入眼的。虽然重达几斤，但还是喜滋滋搬上汽车。锡盟凤凰马场和千马那达慕会场，我同样有收获。

总之，我去过的地方，都要捡几块儿石头带回来留作纪念。

在四子王旗，我更是带回了各种各样的石头，家里因此彻底石满为患。

你家冰箱里放啥？放肉放菜放水果？我放石头！满满一冰箱。

白醋买上不是调味，而是用来往下泡石头上的高岭土。吃核桃不用锤子，而是拿黄碧玉直接敲。腌菜坛子里的压菜石，是来自中蒙边界的大块儿肉石。

我的石头里有很多惟妙惟肖的象形石。红碧玉中国心，黄碧玉外星人，九眼石页岩小乌龟小兔子，白玛瑙小老鼠，俏色开屏孔雀，筋脉灵蛇，眼石小狗，戈壁石老夫老妻，还有鱼石、肉石、果石、响石、哨石、画面石，不胜枚举。

有人总结说玩儿石头有许多好处，确实不假。别的不说，单单去野外捡石头，不仅能锻炼身体和意志，还能怡情养性，能让人放下一切，如读圣贤书一样，慢慢阅读大自然这本内容丰富又充满奥秘和想象的经典之作。

世界上没有完全相同的两片树叶，更没有完全相同的两块石头。世界上又是物以稀为贵，所以有时候，一块非常与众不同或有非常具象的象形石，竟然抵得上一辆汽车或一套楼房。我没打算一夜暴富，但还是希望自己把玩过的好石头将来也能卖出个好价钱，然后用钱买辆房车，再开出去捡石头玩儿。

## 我来帮你

去年初冬的一天，我步行回家。走到东瓦窑货栈东门处，看见一个十二三岁的男孩儿正蹲在一辆躺倒的变速自行车前，不停地扳扳这儿又扳扳那儿，显然是有麻烦了。

“你的车子怎么了？”

“我就扳了一下这里，它的轱辘就不转了。”

因为我是个车盲，根本搞不懂他扳了一下的那个零件叫什么，所以也是干着急帮不上忙。看那孩子边折腾边用嘴直呵手，我就问他家离这儿远不远。

“我家就住前边儿，不太远。”

“那你给家里人打个电话，让爸爸或者妈妈出来接你吧。”

“我没拿手机。”

“阿姨这有。”

“可我没记住电话号码。”

这时候，我看到马路牙子旁那几个正聚在一起打扑克的三轮车夫。

“师傅们，麻烦帮那孩子看看他的自行车吧，就是车轱辘不转的毛病。”

“这不是高老师吗？我是牛满都拉，那天在会场见过您，您的文章我可是没少拜读。”

我赶紧摘掉手套和他握手，边交谈边往自行车那儿走。他那些兄弟也放下扑克跟了过来，其中一个确定毛病在哪后，返回去取来改锥和老虎钳子。

牛满都拉虽然是个三轮车夫，但他喜欢读书看报搞设计，还喜欢写作，尤其喜欢写歌词。他的《三轮车夫之歌》就表达了他乐观向上的生活态度。当然，他更是个乐于帮忙的人，时常帮雇主们干些分外的事。因此，他的老主顾很多，根本不用发愁揽不上活。

自行车很快就修好了，看那孩子高高兴兴骑车离去，牛满都拉说得谢谢我对陌生人的热心。我说应该谢的不是我，而是他和他的兄弟们。

前几天去货栈买带鱼，正走着，一辆装东西装到找不见骑车人的电动自行车从我身边拐弯经过时，一大包芹菜突然从脚踏板上飞落在离车几米远的地方。天寒地冻，又载得那么满，骑车人如果自己停住车下来拿，我感觉他还没走回去，那一车东西就会稀里哗啦跌翻在地。当时我一点儿也没犹豫，很吃力地帮他抱起那捆芹菜，紧走几步，放回到脚踏板上。

坐公交车，看一位腿脚不怎么灵便的老太太，边双手抓着椅背慢慢往后门挪动，边用脚往前踢一个大书包，嘴里还念叨说快下车了要早点儿行动。我赶紧帮她把大包提到车门处，问好在哪一站下车，告诉老人家到站了别急，我会帮她把包递下去。后来公交车都启动了，老太太还在一个劲儿冲车里的我招手。

有一天刚下过雪，在东瓦窑货栈7号门里，遇着一位负重的老奶奶，很是艰难地在下面是冰、上面是雪的雪地上往门口挪动。问过才知道，她家住城东，听人说货栈买苹果比超市便宜，大老远跑来，二十斤苹果还真便宜了十块钱。她说苹果是给家里行动不方便的老头买的，他爱吃。我二话没说，接过老奶奶肩上的口袋，搀扶她出了冰湿水滑的7号门，一直送到马路对面她要坐的59路公交车站牌儿底下。那时我正患着严重的肩周炎。

还有一次，一个性急的年轻人，把电动车当成吉普车开。结果，马路上一个不怎么显眼的小坑，把电动车颠得弹起落下又向前冲去，车筐里那个U形锁变戏法一样飞落到马路上。我把车锁拿给他，他笑着谢过，再启动，车速已明显没有刚才那样快如风了。

人就是这样，有时举手之劳，就会让得到你帮助的人内心充满阳光，而给予别人帮助的同时，自己也是无比快乐的。

## 向交警致敬

一直认为交警比较粗鲁、蛮横且不通情达理，最近没事出去转悠，发现交警挺辛苦，也挺难当。像现在，冷冬寒天的，办公室里有暖气，不够热还有空调，再不行，抱杯热水或抱个电暖宝就把问题解决了。路口执勤的交警呢，干冻着，还得集中注意力指挥交通。尤其过节，只要排上班儿，你就得站在路上执勤。平常遇高峰期车流量大的时候，得站到马路中间边吹哨子边打手势，同时还得眼观六路耳听八方，真是不容易。我觉得，不管步行、骑车还是开车，除自觉遵守交通规则外，我们还应向交警致敬！

我不会开车，也没动过学交规的脑子，一直认为只有闯红灯了才是违章。白天黑夜连着看了一个来礼拜才搞明白，原来违章五花八门：闯单行线，抢信号灯，拉危险品，乱停乱放，随意变道，酒驾、醉驾，瞎打灯或不打灯。我最痛恨酒驾和醉驾，有时晚上看查车，希望警察逮一个罚一个。

最近多条马路改单行线，并规定到某天后，如果还按改前行驶，那就是违章，是要罚款和扣分的。如今过渡期已过，但还有很多司机可能记不住，或者习惯使然，总把车开到原来能走但现在禁行的路上。执勤的交警并没像我想的那样火冒三丈，他们把车截停后，示意开到路边，过去和和气气指给司机看新挂起的禁行标志，并且有问必答，还要指点应该怎么走。我看了好几个路口，交警都一样，文明礼貌，心平气和。

最忙的交警在学校附近，尤其小学门口。放学的铃声还没响，接小学生的家长已站了半马路，何况还有伴随而来的汽车、电动车、自行车。交警忙啊，孩子、大人、车，哪个也得顾到，必要时还得临时去控制一下信号灯。一个班站下来，我感觉他们身心疲惫。

朋友给我讲过一个故事。因为道路开挖造成交通拥堵，大家在交警的指挥下一点一点往前挪，你有急事也没办法，汽车又不是飞机。可排在她后面的一个男司机不停地按喇叭，还冲着回头看的她指指点点。最后搞明白了，是要她从边上走“捷径”。她告诉他边上危险，不能走。那男的不信，继续按喇叭催促，她烦不胜烦，对付着往边儿上挪靠，直到把他的车让到前面。那家伙毫不含糊，一给油，示威似的窜了出去。半小时后，在交警的指挥疏导下，她的车平安“突出重围”，刚才让过去的那辆车却歪在“捷径”上一个大坑里，没有拖车根本出不来。

我看过交通事故图片展，可以说触目惊心，惨不忍睹。究其原因，几乎都是因为司机或行人不遵守交通规则。还有就是酒驾、醉驾、疲劳驾驶，以及图省事花钱买个驾驶本就敢上路的马路杀手。如此现状，纵然交警有天大的本事，有超人的智慧，遇上对自己和对他人都不负责的司机，想让交通事故率降下来，真是一点儿办法也没有。

大家还是自觉遵守交通规则吧，营造安全和谐的交通环境，我们都有责任。

# 谷雨茶

按中国的农历，每隔十五天左右便是一个节气，每个节气，又有很多与之对应的农谚，如“苞谷下种谷雨天”“清明麻，谷雨花，立夏栽稻点芝麻”，顾名思义，一目了然。

“谷雨”这两个字，水淋淋，湿漉漉，泛着绿意，偏偏又和茶黏在一起。那年初夏同一个很富裕的朋友去吃饭，坐定后，负责点菜的小姑娘问需要上一壶什么样的茶，朋友说，给一壶刚烧开的水和几只玻璃杯就可以了。那天，我喝到了传说中名声只稍逊于明前茶的雨前茶，也就是谷雨茶。

谷雨茶又叫二春茶，是在清明和谷雨这两个节气之间那段日子里采制的春茶，它和明前茶一样，都是茶中佳品。如果非要按级别划分，明前茶是茶中极品，雨前茶，便是紧随其后的上品了。也有特别讲究的茶农不这样认为，他们说，只有用谷雨这天上午采摘的细嫩芽尖炒制出来的干茶，才称得上是谷雨茶。更为重要的是，这种茶茶农大都不会拿来出售，要留着招待贵客和自己慢慢享用。

其实，如果按茶的性价比来说，雨前茶比明前茶经济实惠些。

摆上同样的两个杯子，一个放入明前茶，一个放入雨前茶，同时注水冲泡。在茶叶慢慢舒展、渐渐沉落杯底这个过程中，你会发现，经历了适合生长的温度和充沛雨水的雨前茶，较之明前茶的“莲心”，雨前茶的“雀舌”或“旗枪”，芽叶看上去会更为肥硕柔韧，色泽更为翠绿鲜亮，汤汁也更为通透醇厚。难怪大多数饮茶者喝到清新爽口的雨前茶时，同样会显露出那种饮茶者特有的陶醉感来。明前茶被追捧，其实是因为它产量远远低于谷雨茶，是物以稀为贵。

不管是明前还是雨前，绿茶向来以其典雅高贵和深藏不露的气质，被饮茶之人钟爱。正所谓“喝茶之意不在茶”。某日，约二三文朋诗友，相聚一隅，暂时远离俗世的烦躁与功利，泡一壶春水荡漾的新茶，安坐，慢饮。一杯在手，清香满屋，此时的茶，早已成为一种文明优雅的格调，一种宁静致远的感觉，一种朴素平凡的态度，一种根本无须参透的况味人生。

“玉髓晨烹谷雨前，春茶此品最新鲜。”人间岁月如流水，转眼又是谷雨天。这一次，我要独自面对一杯雨前茶，细细品味，细细领悟。一个人的一生和一片茶叶的一生，从满怀希望的生长，到秀外慧中的成熟，再到赴汤蹈火的考验，直至苦尽甘来，清澈澄明。这个过程，是何其相似呀。

人生如茶亦如禅，一个是真滋味，一个是真境界。人生在世，只有怀一颗平常心，才能在茶与禅之间，寻得生命与生活的真价值和真体验，让自己走过的每一个日子，都如茶般淡然悠远。

# 青城古树

隆冬，窗外天寒地冻，屋里温暖如春；阳光和水，为我泡制好一壶滋味优雅的凤凰单枞。

耳畔琴音袅袅，口中香茗绕舌，此刻我不想人，也不想事，只想古树；那些度过几百年光阴，却依然生机勃勃的青城古树。

遍布青城山水村镇间的古树，虽然没有京城古树那般大格局，但也高风亮节，自我成就了另一种辉煌。

三十多年前，我最初邂逅的，是哈拉沁沟老爷庙旁那株近五百岁高龄的油松。彼时庙堂已成断壁残垣、破败不堪，年老的油松却青春依旧、亭亭玉立。如今岁月仍峥嵘，时光层层包裹着内心的年轮，这棵古油松，就是大青山上的迎客松。

我最想拜见的是和林格尔县城关镇厂圪洞村的古文冠果。传说，此树为当年西藏喇嘛去五台山讲经，路过此地时撒种而生。三百多年匆匆复匆匆，可否有人曾采种榨油，燃起佛灯而虔心修度？

乌素图召法禧寺内的蒙桑因叶片长成葫芦状，又叫葫芦桑，虽然是大青山上的乡土树种，但能长到如此高大粗壮又高龄，实属罕见。这棵被称为菩提树的蒙桑，与菩提树在生物学上有近亲关系，不能生长菩提树的北方高寒地区用蒙桑代替，也是合情合理的。时光如梭，这棵扎根于此近三百年的蒙桑，如今依然枝叶扶疏、绿意浓浓。在蒙桑花开时节，真想静坐树下，不求能如佛祖般豁然开朗，只为寻一份禅意在心间。

不错，从前青城八景之一的“杏坞翻红”，杏树功不可没。如今，两个多世纪已挥手而去，每年老树绽放新花之时，总引得无数摄影师竞相前往。拍不够的花，拍不够的蕊，待到黄杏压弯枝，乌素图又是一番热闹情景。

托克托县新营子镇黑水泉村关帝庙前，两棵相伴一百二十年左右的古柳，被当地老乡形象地称为夫妻树。远远望去，两棵古柳老树发新绿，枝干各向左右，似惺惺惜惜，似如宾相敬，我想到了“举案齐眉”四个字。

放眼青城，古树真是无处不在，有清水河县喇嘛湾镇的古杨树和城关镇的古灰楸、古复叶槭，和林格尔县舍必崖乡毛不浪村龙王庙前绿荫蔽日的古榆树，托克托县什拉乌素壕村的古枫树，武川县德胜沟乡李齐沟的古云杉群，土默特左旗喇嘛洞召周边山上总计一千余株的古松、柏群等。

游览将军衙署博物院，里面有一百八十岁的古暴马丁香和三百二十岁的古榆树，一棵新疆大叶榆比衙署的历史还长三十三年。

在呼和浩特市区，拜见古树也可以不往远走。新城区元贞永街满族幼儿园内有古刺槐，公主府博物馆内有古榆，旧城小召后街元盛德旧址有古暴马丁香，呼市植物园有古日本皂角，绥远老城墙遗址边与之默然相守近百年的古榆，彼此虽无法诉说，但世事沧桑，心有灵犀，无声胜有声。

如果向往胡杨林，也不必千里迢迢奔往新疆、额济纳，就近上托克托县，寻到双河镇胡麻嘴村，那里的秋天，连风都是金黄的。

# 腌制生活

我很小的时候，塞北的冬天，家家户户除了一菜窖土豆萝卜大白菜，再也见不到其他新鲜或不新鲜的菜蔬了。那时候油也凭票供应，肉也凭票供应，一日三餐翻过来熬稀粥烩白菜，调过去烩白菜熬稀粥，幸好有母亲精心腌制的那些可口的咸菜佐以下饭，才使少油缺肉的日子，没有太让人感觉淡寡无味。

腌菜是一件战线拉得很长很长的事情。黄瓜不等立秋就要拉蔓。那时候，我们早早起来去队上的地里捡人家不要的小黄瓜。约莫着该去上学了，赶紧背起鼓鼓的麻袋往回走。边走边想象趴在背上的那些小黄瓜，已经变成一条一条下饭的咸黄瓜。这样边走边想边咽口水，回家的路仿佛缩短了很多，背上的麻袋，似乎也不太沉了。回家放下麻袋背起书包往学校走，一路上，眼睛里全是交替出现的新鲜小黄瓜和已经变成咸菜的柔柔韧韧的小黄瓜。

中午放学回家吃过饭，根本不用大人说，姐妹几个急急搬上小板凳围着大盆坐下，拿刷子一个一个洗黄瓜。这些黄瓜洗好后，要摊在塑料布上晾一晾，变蔫巴了再腌。黄瓜一般是干腌，放一层黄瓜，撒一层大青盐，最后压上大石头，让它们自己出水慢慢腌渍。

在我们不知吸着鼻子撩开缸盖儿看了多少回后，菜缸的边缘终于开始冒泡泡了，发过来的小黄瓜也终于没有了生菜味。还等什么，赶快洗净手捞几根，齐齐切片，滴几滴醋，拌上点儿香油、味精和红红的炸辣椒，简直就是一道无可比拟的下饭菜。干腌黄瓜的好处是耐放，用高粱头刷子打刷好的话，一直可以吃到来年端午节新鲜菜下来。

腌完黄瓜没多长时间，青椒和茄子也拉蔓了，我们又提上麻袋去捡青椒、捡茄子。这两种菜是暴腌现吃，前者清脆酸爽，后者蒜香浓郁，丰富着冬天来临之前，那一段食物比较单一的日子。还有一种小孩儿非常爱吃的糖醋菜，是我们跟着大人到已经收获的圆菜地里，用菜刀砍回来的菜根芯儿。这种东西乡人也给它起了个名字，叫菜把子。

砍菜把子很有意思，也很上瘾。像寻宝一样，每人左手提个篮子或箩筐，右手握把小菜刀，在满是菜根儿的地里低头弯腰左右踅摸。一旦发现又顺溜又粗壮的，马上停下来，从上至下，咔咔咔，横两刀，竖两刀，然后左右手配合，右手斜过的刀刃在白白嫩嫩的方柱形菜把子底部轻轻一切一挑，脆脆的响声后，左手一扬，一个令人满意的菜把子就飞到篮子里或箩筐里。腌菜把子需要用到当时比较金贵的白糖，所以这个菜是很上讲究的细菜。腌好的菜把子酸甜可口，有时感觉嘴寡得厉害，我们就掀开坛子盖儿捞几片儿抓在手里当零食。因为这个菜多了一种充当零食的身份，不管腌多少，它总是第一个被报销。

最隆重的腌制是在国庆后。那时，胡萝卜、辣辣换、芋头、芥菜疙瘩、大蔓菁、长白菜、圆白菜，分的分，买的买，全部到位，声势浩大的腌菜就开始了。短短几天工夫，贴墙一溜洗好的大缸小坛里，这个是水腌芥菜疙瘩，那个是酱腌蔓菁块儿，还有五香萝卜干儿、干腌花刀菜。最小的坛子里是糖醋小地梨儿，最大的一口缸里，肯定是压轴的酸菜。腌芥菜疙瘩的缸里，少不了要加些红黄萝卜和心里美。红萝卜、黄萝卜是过大年调豆芽必不可少的点缀，吃冷调莜面的时候，细细切一碟粉艳艳的心里美，同样会让一碗极普通的食物，顿时变得赏心悦目。酸菜也是两种，一种白菜，一种圆菜；前者柔韧适合烩着吃，后者酸脆适合炒着吃。不管是烩还是炒，酸菜是离不了肉的，离了肉，就酸涩得没啥吃头了。所以，酸菜统治饭桌肯定是杀倒年猪的日子，那时候肥油大肉加粉条豆腐山药蛋烩上满满一锅，上面还蒸着两笼白馒头。等停了风箱揭出馒头盛出菜，个个吃得红光满面。

酸菜还有一个好吃法，就是包酸菜猪肉馅儿饺子或蒸酸菜猪肉馅儿包子，这也算是夺了白菜的权，但白菜不会生气，因为它可以源源不断地被顶到缸底，经过腌渍发酵，摇身一变，成为人吃人爱的酸菜。在开春儿那段青黄不接的日子里，捞两个水腌芥菜疙瘩泡到水里退了盐分，切成丝后用腌在油里的烧猪肉一炒，出锅时再撒点儿鲜绿耀眼的葱花，味道别具一格。

腌菜看似简单，却实实在在是个技术活。原材料的选取，下盐的多少，哪些需要放调料，哪些不需要放调料，缸里要添生水，还是添晾凉的白开水，还是煮过的盐水，菜缸哪个时期需要给予什么样的温度，什么时候需要细致的管理，什么时候需要粗放的管理，甚至什么时候可以放手不管，虽然都没有太严格的要求，尤其是盐，似乎多一把少一把都无所谓，但实际上，老手和高手，对于这一切的掌控，就是十几年、几十年，甚至一辈子的经验积累，是早已成竹在胸的。而照顾好每一个菜缸，就像照顾好自己的每一个孩子一样重要，得让它们顺利地度过发酵期，也就是容易叛逆的青春期。和孩子一样，监护人如稍有大意，菜缸里那些正在走向成熟的咸菜酸菜，就会发脾气耍性子，就会慢慢改变品质，甚至痛失纠正其缺点和不良倾向的好时机，变得坏掉不能食用了。

现如今，虽然一年四季新鲜菜琳琅满目，但母亲对腌渍依然情有独钟，除了老几样，现在又发展了诸如油豆角、油黄瓜、芝麻芋头丝等新品。更有创意的是，每年春节一过天气转暖，母亲总会赶在菜缸里发出老腌气的时候，把酸菜都捞出来，淘洗干净切成丝，装成小包冻到冰柜里。这样，整个夏天，我们都能吃到以前只有在冬天才能吃上的猪肉烩酸菜。

# 致敬火焰蓝

曾经无数次被赴汤蹈火的消防救援战士感动，为被救者趴在他们肩头得到安慰的场景而潸然泪下。而当我和他们近距离接触，走进他们的日常生活，看他们出早操，一丝不苟地做体能训练、操法训练、队列训练，才懂得，责任和汗水的分量到底有多重。

国家综合性消防救援是一个与危险同行的职业，“全灾种”“大应急”“大救援”的任务特点和繁重的出警任务，要求这支队伍纪律严明，个个要身体强健、本领过硬，对专业技术和应变能力的要求也超乎想象；而这一切，都源于消防战士日复一日、年复一年的艰苦训练。

如果从作息表上看，消防救援战士们的一天是从清晨六点开始，但实际上，只要身处营地，哪怕是躺在床上睡觉，神经也时刻紧绷着；二十四小时驻勤备战，随时准备闻令而起、挺身而出。有战士曾经跟我说，长年累月猝不及防的警铃声，让他潜意识当中多了一种警觉和使命感，有时本来在安然熟睡，却忽然惊醒，感觉马上有警要出，结果几秒钟后，警铃真的拉响了。

获得第二十五届“中国青年五四奖章”的巴特尔，是呼和浩特市消防救援支队玉泉区大队南二环路消防救援站党支部副书记，也是站长；有记录显示，从二〇〇七年进入内蒙古消防救援队伍以来，巴特尔总计参加灭火救援四千五百多次，获得个人二等功两次、三等功两次、嘉奖三次，其他荣誉不胜枚举。

巴特尔给我的印象，是勤于思考、沉稳干练且责任心强。实际也正如此，他习惯于总结经验和分析案例，对辖区火灾隐患多的重点单位建筑布局和消防设施了然于心，一旦发生火灾，施救方案马上形成，能为有效救援赢得宝贵时间。消防救援站的战士们给我描述说，现场指挥的巴特尔总是从容淡定，他眼观六路、耳听八方，既要以最佳的方案、最快的速度灭火抢险，又要最大限度地保证队员们的安全。他结合多年来灭火救援实战经验，研究出内攻灭火三人班组实战、狭小空间破拆搜救等安全高效的实用技法，目前已在呼和浩特消防一线得到推广。

这次下基层，我们跟随巴特尔站长走进车库，详细了解了从接警到出警的整个流程，以及不同灾、险种出警时要配置的设备和装备，比如处置有害气体泄漏，队员们随身携带的空气压缩气瓶和各种工具就达四十多千克；负重抢险救灾，没有一定的体能和耐力，根本办不到。强将手下无弱兵，说的正是巴特尔和他的消防救援队。我们观摩了快速反应的出警演练，从警铃响起，到进库、着装、上车，不到一分钟完成；如果用文字概括这一过程，就是紧迫加神速。

“全灾种”“大应急”，考验的是救援队的速度和经验，小到取下手上的戒指、拿掉小孩脖颈上的铁圈儿，大到火灾山洪墙倒屋塌泥石流，大灾小情，五花八门，什么都得管。有天接警，对方是一个农村老大爷，说自家院子里种的一片儿西红柿地里，忽然来了一大堆马蜂，聚集在一个西红柿架周围，形成龙卷风那样的柱状，密密麻麻旋转着非常吓人。战士们赶到后，通过仔细观察，用一条大口袋，以闪电的速度，把马蜂集群扣入袋中。终于松了一口气的大爷笑着说：“要是十只八只我就不麻烦你们了，可这太多，我哪敢啊。”

“有警必出、闻警即动”这铿锵有力的八个字，是习近平总书记对消防队伍二十四小时执勤备战的充分肯定和信赖，也是消防救援队的任务特点。南二环路消防救援站副站长李亮回忆说，有一年除夕夜，一连出警四十多趟。我问为什么，他说报警的地方村子一个挨一个，都有露天堆放的柴火垛和其他易燃杂物，这儿一个炮仗落下，那儿一个火星飞溅出去，我们刚把这个村的火扑灭，邻近的村子又报警，没办法，只能快马加鞭，就近找水源加好水，一场接一场灭火。还有一次电梯救援让李亮记忆犹新。在听到破拆声音后，困在里边儿的女子忽然不停地大喊大叫，说：“快点儿救我！快点儿救我！我出不上气快憋死了！”可想而知，女子获救时一定是感激涕零。

在消防车库内，通过巴特尔站长的讲解我才知道，消防服上那盏报警灯，只要战友在救灾现场三十秒静止不动，刺耳的警报声就会响起，而一旦战友受伤或有其他意外，就得启用后背暗藏的拖拉绳，把战友拖拽出火海或其他救援现场。那一刻我的心情非常沉重，默默祈祷每一套服装上的这个红灯永远不要闪烁，拖拉绳也永远不要被拉出来，也永远不要揭开那张如伤疤一样刺眼的血型记录卡。

完成灭火救灾、抢险救援、社会救助等应急任务后，年轻的消防战士，有时还要承受他们这个年龄不该承受的心理压力，尤其是交通事故中那些血肉模糊、惨不忍睹的躯体，往往让救援归来的战士心有余悸而彻夜难眠。每当此时，队里领导就会通过聊天的方式，把他们的注意力引导到其他事物上，慢慢缓解他们的精神压力。即便如此，只要警铃响起，战士们依然会把这一切抛到脑后，分秒必争，整装登车，奔赴现场投入战斗。可以说，没有他们的负重前行，就没有我们的岁月静好。

巴特尔的父亲也是一名消防战士，但在他不满周岁时就因公殉职。痛有多深，只有亲人知道，但奶奶和妈妈，还是把他送入父亲曾经站过的行列，让他完成父亲没有完成的事业。一身火焰蓝，牢记十六个字："对党忠诚、纪律严明、赴汤蹈火、竭诚为民。"这是他对自己的要求，也是对父亲在天之灵的最大安慰。

在巴特尔的带领下，承担着防范化解重大安全风险、应对处置各类灾害事故重要职责的南二环路消防救援站的战士们，平时勤学苦练，战时一马当先；他们拥有超强的团队精神和超高的责任心，面对各类急、难、险、重任务，总是挺身而出、在所不辞。

致敬，火焰蓝！

致敬，千千万万的消防战士！

# 寻樱记

四月二日路过公主府博物馆，远远瞭见花园里那一片桃林已经罩上蓓蕾将放的粉色。隔天从北边上快速路，由西往南，在昭乌达路出口下来向北回家，看到路边桃杏有些已经花开满树了。想来，那该是呼和浩特乍现的春光。七日我去城东西把栅中心校参加“校长杯”校园足球联赛启动仪式，沿途所见桃杏更是开得枝头满朵，还有花香飘进车内。

我算得上是爱花之人，每年花开时，好像并不比蜜蜂清闲，总忙着往有花的地方跑。那天从西把栅中心校回来，又马不停蹄一头扎入内蒙古师范大学看花，看那目前为止，我在呼和浩特遇见过的唯一一树樱花。

按印象，进北门一直往南，樱花树是藏在东门正对着的文史楼背后那片杂花林里。可我在花树间来来回回找了好几趟，缤纷的山桃和杏，蓓蕾已现的丁香和李，毫无花讯的华北珍珠梅，没有任何动静的火炬树、花红树，却独独不见樱花的踪影。纳闷间，忍不住问花间拍照的几个女生，可知校园里有一棵樱花树。她们居然表现出惊讶，一个高高吊起眉毛说：“没有啊，我们这里哪来的樱花?”一个又云淡风轻地说：“也许还没开，所以你找不见。”

找不见樱花，就像找不见约好的朋友，让人心里不舒服。我必须再找。虽然有几棵还看不出究竟是什么品种，可依我对树木的不甚了解，实在不敢确定其中有没有我要找的那棵樱花。

曾经遇见的樱花真是太好看了。细长的花柄，重叠有序、皱褶流畅又不显堆砌的花瓣，纯正明媚的中国丝绸粉中，深藏着闭月羞花般的黄蕊。花虽也是一朵挨着一朵，但不显得拥挤；随便看哪朵，全开或半开，都文静娴雅如能写一手漂亮毛笔字的大家闺秀。

因为心心念念找樱花，只隔了两天，我就迫不及待再次来到文史楼后，生怕错过那难得一见的花开之美。

内师大院子里有很多树，而且老树居多。丁香盘根错节，松柏和家榆高大苍翠，无疑都是一九五二年建校伊始陆续栽种的。校园里很多树上还挂着牌子，告诉你此树的学名、别名及形态特征。因为找樱花，我无意间认识了校园里的多种花草树木：油松，圆柏，白杜，白皮松，皂荚，梓树，槐，龙爪槐，重瓣榆叶梅，紫丁香，银杏……通过树上牌子的介绍，还了解到白花丁香原来是紫丁香的变种。这一次，我怕之前记忆有误，把校园的角角落落都转了个遍，却仍未见到樱花的踪影。还是不死心，复又回到文史楼后，一棵树挨一棵树仔细查看，此时只剩两棵既没发芽也没现蕾，希望实在渺茫。

这样又纠结着过了几天，忽然想起该给在树木园工作的同学发微信，问一下园子里有没有樱花可看。同学回复已是翌日清晨。他说园子里没有，去年在塔利村内蒙古大青山林下经济核心区试种了一些，但成活与否，或者说开没开花，得我自己去看。

其实，在我还没有出生的时候，那个年代塞外和董家花园同样名气贯耳的翟家花园内，据贾勋老先生回忆，是有樱花的。那时先生年少，却记住了翟家花园春天的样子：桃花和杏花都开了，还有樱花，草地上或花树下铺了军毯，日本舞伎打着花伞，喝酒、唱歌、赏樱花。我一直认为塞北天寒干燥长不得樱花，但先生说得明明白白，呼和浩特原来是有过樱花的。

樱花原产于北半球环喜马拉雅山地区，为蔷薇科樱属落叶乔木，代表高雅、质朴、纯洁，是爱情和希望的象征。虽然此花在两千多年前秦汉时期的中国各地宫苑中都有栽种，但不知何故，一直没能像桃、杏、梅、梨、菊、芍药、牡丹、丁香等花，被文人注入文化因子而加以咏颂，并引起关注而广泛种植；塞外难得一见，更在情理之中。

就在我四处寻找樱花而不得的郁郁中，十四日中午，树木园的同学打来电话报喜，说大青山林下经济核心区试种的那些樱花已全部成活，而且都有了花蕾，花开指日可待。我终于松了一口气。一边按照同学提供的电话号码和负责管护那些樱花树的工作人员取得联系，一边漫无目的地任鼠标在自己的博文目录中乱点。真是好事成双，点在二〇一一年五月十三日这一天，居然就是众里寻它而不得的樱花。博文标题为《这花多美》，内容是一张樱花的照片，标签写着：五月十日，师大，随手一拍。这就足以证明，我没有记错，师大确实有、或者说有过樱花。

想来，武大的樱花再美，只属于武大；日本的樱花再媚，也只是日本的风情，只有大青山林下经济核心区那些战胜了去冬极寒天气的樱花，才属于呼和浩特。

四月十八日一早，我赶在九点以前到达事先约定的地点，坐车经塔利新村，过塔利旧村，到达大青山林下经济园区。在园区办公楼后，见到了那片小小的樱花林。虽然并不是电话里所说的已经有了花蕾，但那顶破硬壳露出鲜嫩芽苞的樱花树，足以让我对绽放充满期待。而至于花期，内师大在市里，气温要比城外的大青山前坡相对高些，花开已是五月大批丁香盛放之后，这一片樱花林，推算一下，起码得到五月底才有花可赏。像种在樱花对面的重瓣榆叶梅，市里这时候差不多已经是满树红粉飞扬，此地花蕾才刚刚现出快要开放的梅红。这天下午，不死心的我再去内师大文史楼后，那最后一棵有点儿希望的树，也开出了白中透绿的小碎花。那棵二〇一一年的樱花呢，也许像我咨询过的专家说的那样，因为气候，或者因为品种的不适应，早已香消玉殒了。

谁能想到，一年后的二〇一八年四月末，在内蒙古农业大学工作现已退休的大姐夫捎话给我，说我要找的那棵晚樱这几天正开着，位置在内师大东门正对着的文史楼后面。

原来樱花真的还在！

当我兴冲冲来到文史楼后，奇怪的事情发生了。巴掌大的一片树林，一棵挨一棵找，就是不见樱花的影子。只好打电话求助。

大姐夫说进东门，穿过文史楼，一出后门就往北拐，那几棵大油松中间夹着……应该在第四棵的位置……

我说我已经站在樱花树下了。

难怪找不见，原来它被四周高大的油松包围得严严实实，像裹起来一般。

觉得那花真是美极了，又有老友重逢的喜悦，便拍了照片，在我个人公众号推送。有知情者留言说，五十年校庆时移植来五棵，最后只这棵存活下来，需重点保护。果然，几日后我再去文史楼后，樱花周围的油松已被合理修剪，从微信得到消息来看此花之人络绎不绝。

## 飞机上看云

飞机起飞不久，遇气流颠簸，片刻后，进入平稳飞行状态。又过了不长时间，笑容温婉的空姐和帅气大方的空少推来小车，开始为乘客分发航食和饮品；我点了咖啡，连同食物，一起放在打开的小桌板上。不经意间，向窗外看一眼，忽然觉得，如此明亮的光线，如果没有轻轻飘过机翼的白云，我很有可能会误以为正坐在家里客厅的沙发上。

航班是白天的，虽然有恐高症，但我还是选择了靠窗的座位，主要是想看看万米之上云的样子。

赶上好天气，又接近正午，远眺窗外，除却蓝天白云，如果说还有其他，就该是诗和远方了。我喝一口咖啡，调整好安全带和坐姿，开始认真观察机窗外的情景。这时候，正有几团被抖成蓬松状的棉花，抑或如蚕丝一样的白云，孩童般活泼调皮，看着窗户里的我，轻轻掠过机翼。一片一片又一片，片片从我眼前慢慢飘过，像慢镜头，与飞机的速度正好相反，慢得让我想不通究竟为什么。那远处呢？我就向远处看去。这时候，贴窗飘过的那些云早不见了。我又提起身子向下张望，刚刚还可见的城市、公路、湖泊、山脉以及南国绿树，此时，也被铺天盖地的白云帷幔般笼罩起来，找不到了。我就想，这万米之上的白云，这辽阔浩渺的白云，随性又自然，就那样由近及远地铺展着，看上去平稳、平缓、平和、平静、平安，简直就是毫无波澜的平铺直叙。这平铺直叙上，又少不了像沙丘一样的小起伏，以及一座一座云做的小山包。所以我觉得，不能称这云为云海，有一个词比云海更合适、更恰当，那就是云漠，沙漠的漠。

二〇一〇年春天，我随中日青年沙漠绿化交流队进入地处库布齐沙漠腹地的恩格贝种树，彼时，那看不到边际的黄沙，浩浩荡荡，平平稳稳，海海漫漫，与这同样看不到边际的白云何其相似。假如这些云，在条件适宜的情况下都变成雨，又正好都飘落在恩格贝我们当年种下的那片树林里，该有多好啊！

我不知道飞机的速度有多快，因为在万米之上的云漠中，没有快速后退的景物做参照，感觉飞机飞得又稳又慢，有人像是坐在自家躺椅上，轻轻松松就进入深度睡眠，打起了呼噜。

正沉思默想，飞机再次进入轻微颠簸状态，我知道又遇上了气流。与之前的气流不同，这一次，机舱外忽然光线暗淡、一片模糊，白白的云漠不见了。为避免无聊和分散注意力，我开始翻看飞机上配备的书报，偶尔也瞄一眼邻座那个长发女子，虽然她的小桌板上摊开着一本厚厚的专业书，但时不时的描眉画眼早已告诉我，她的分秒必争，其实是在摆样子。

不知不觉中，外面又是一片光明，我赶紧放下手里的《新华日报》，再次望向窗外。辽阔无边的云漠彻底消失了，稀薄的白云之下，现出清晰的山脉，紧接着，又看到了蜿蜒的公路和架在山上的输电线路。之后呢，一排一排依山势而走的风力发电机，还能看见风叶在缓缓转动。这些年，因为常去乌兰察布，常在高大的风力发电机之间穿行，有一次在辉腾锡勒草原上，我还骑马绕着一架发电机转了一圈儿。无数次仰视的大家伙，如今居高俯视，简直就是看见小矮人的感觉。

云漠消失不见，说明飞机的高度有所下降，也就是说，大概离我们的目的地不远了。果然，广播里又传来那个甜美的声音，说大约四十分钟后，飞机将抵达呼和浩特白塔国际机场。机舱里顿时骚动起来，有人开始穿衣服，有人开始整理物品，那个长发邻座，又开始翘着长指甲描眉画眼。我依然望向窗外，虽然无法分辨飞机途经之地，但能看到山上背阴面的积雪，能看到山里矿上的滚滚烟尘，能看到封冻的河水，能看到红红蓝蓝的彩钢房顶。再一次降低高度，楼房，街道，汽车，大地上的一切变得越来越清晰。忽然，飞机向下俯冲，窗外物体呼啸而过，没等我看清东南西北，飞机已稳稳降落在跑道上。

# 正青春

我和老赵、老水是高中同学，毕业后，老赵成为博物馆讲解员，老水参军去了部队，我进工厂做了一线女工。

那时我们正青春，心中有梦想，身上有力量，虽然岗位各不相同，但都在默默为自己的将来努力奋斗。

其实上学那会儿，理想的种子已在我们心底萌芽。老水很有艺术天分，思维细致缜密，一手好字令人羡慕；老赵英语流畅，喜欢配音，课间还把他创作的小说手稿拿给我看；我偷偷写下《清清的护城河》，却不知该寄到哪里。

三十多年前的呼和浩特市区远没有现在这样大，上学也是就近入学，同学住得都不太远，毕业后每逢节假日，我们根本不管男女，只要彼此合得来，一帮人骑着自行车东家西家走走聚聚是常有的事儿。不管去谁家，清茶一杯，时间半晌，工作理想，所闻所见，畅所欲言。如有参军的同学回来探亲，我们便像过节一样热闹，直到把他们送上归队的火车。

在部队的老水没有丢掉业余爱好，转业回来分配到国营单位依然坚持学习，虽然和我一样在企业改制的浪潮中丢了铁饭碗，但因年轻时打下基础，他现在是一名自食其力的优秀雕刻师。

凭着年轻时的功底，老赵不仅是博物院双语金牌讲解员，还培养出一批批和他当年一样年轻有为的优秀讲解员。这还不够，为了传承中国传统文化，开阔孩子们的视野，老赵依然不减当年勇，疫情期间在自家建起阳台博物馆，经常带队奔赴各地做研学之旅，成为新一代年轻人的榜样。

我下岗时还在青年的队列中，也有过迷茫，但骨子里不想认输。为了生活，我开过小卖部，跑过保险，在道馆打过工，同时坚持业余创作。二〇〇九年，不懈的努力在迈入中年门槛儿时得到回报，我考上了内蒙古大学文学研究班，不仅圆了大学梦，也成为作家。

回想自己的工作历程，真的很有意思。我参加工作进的是呼市乳品厂，一年后调入五四商场振华商店，两年后调入东门外青年商店，似乎和“五四”“青年”结下了不解之缘，想不努力都不行。

我高中时的班容量是五十六人，年轻时就遭遇下岗，又奋力拼搏开辟一片新天地的大有人在，比如和我一样语文成绩好的海珍，后来发展为党报记者，另一个有商业头脑的男同学私营企业搞得非常有名气。

谁的青春没有理想和抱负？谁的青春不是风雨兼程？

回望来时路，我们都对得起自己的青春，都用行动和结果，给了自己最好的交代，所谓青春无悔，此生便无憾。

## 最美的手势

妹妹考入银行不久，她的生活当中，很快就多了一个无话不“说”的好朋友。

那是一个和她年龄相仿的女孩儿，先天聋哑。从聋哑学校毕业后，被照顾到父亲单位搞收发。

妹妹属于那种既开朗又热情的人。去收发室次数多了，看那女孩儿一副很阳光的样子，便和她开始用写纸条的方式攀谈。渐渐地，她们发现彼此都很对脾气，也很投缘，便成了死党。为和她“说话”方便，妹妹开始学习手语。我真的很佩服妹妹，居然在很短的时间内，就把很多令聋哑人家人都望而生畏的手语，“说”得炉火纯青又淋漓尽致。

很多年来人们习惯上都称聋哑人为哑巴，自从妹妹有了这个聋哑朋友，便开始反感和排斥这两个字。有时我们偶尔忘了说出口，她瞬间大动肝火，说人家有爹妈给的名和姓，干嘛叫得那么难听，太不尊重人了！经她这么一次又一次发火的提醒，我渐渐觉得，那样叫真的很刺耳、很不友善，虽然当事人无法听得到。

其实不光是聋哑人，在我们身边，随时都会出现需要我们平等对待和友好帮助的残疾朋友。那次坐公交车，在少年宫那一站，最后上来的就是一位盲人朋友。见他上来，坐在挨门最近那个座位上的男子，马上起身相扶，并且把座位让给他。这叫早已把屁股从座位上提起来的我感到一阵欣慰，我们的社会，阳光真的很明媚。

喜欢看妹妹和她的聋哑朋友坐在沙发上聊天。她们满脸带笑，眼睛放光，手舞足蹈，那些上下翻飞的手势，代替着一个个喜怒哀乐的字词或句子，就像诗朗诵中的抑扬顿挫。有时说到高兴处，她们的手势又是一个比一个给力，一个比一个夸张，或者拳头砸在手心上，或者双手摊开又合拢，并做出一个哈哈大笑或愁眉苦脸的表情。我虽看不大懂她们究竟在聊些什么，但我觉得，这世上最美的手势，原来就是聋哑人相互交谈的手势；她们的无声世界，正如白居易在《琵琶行》中所描写的那样，此时无声胜有声。

有人说身体的残疾并不可怕，可怕的是心灵的残疾。我上中学时，坐在我身后的女同学是小儿麻痹患者。但她没有因为自身的残疾而表现出丝毫自卑，一直笑对人生，学习很努力，还入了团，当上了团支部书记，毕业后被安排到一家专门为残疾人开办的被服厂做裁缝。后来，虽然也遭遇了中年下岗，但凭着自己的一技之长，很快就在闹市区开起一家缝纫部。

现在，《中华人民共和国残疾人保障法》的施行，使残疾人在政治、经济、文化、社会和家庭生活等方面，都享有了和其他公民一样的平等权利，这从近年来无障碍设施的飞速普及就可略见一斑。最让人欣慰的是，随着媒体的大力宣传，全社会对残疾人的态度，已经有了越来越明显的改变。

五月是多情的，在鲜花和笑脸的妩媚中，我衷心祝愿生活在祖国各地的残疾人朋友们，不论贫穷、富有，你们都能够开开心心，快快乐乐，过好属于自己的每一天。

# 假核桃

下楼买菜，一出小区大门，我就撞见个卖核桃的。从他旁边经过时，随口问道："核桃咋卖？"

"十四，大姐，来点吧，好核桃！"

说来奇怪，各地核桃我几乎吃遍，却从没见过这种长相的，远看是核桃，近端详有点貌似变了形的大桃核，给人第一感觉就是这个东西皮厚肉少且绝对抗打击。

观察至此，我敷衍他说先去买菜，回来再说啊。

为了拖延时间，我在菜店千挑万选了需要的几样，沿路又从三轮车上捎带了两串儿葡萄和七八个橘子，一抬头，远远儿瞭见那个卖核桃的外地人不仅仍等在大门口，还隔山跨海冲着我嘻嘻笑。

我这人就怕别人对我太热情，一热情我就没了主意。伸手从他自行车后面挎着的大铁丝网筐里捏出一个核桃，掂量着对他说："兄弟，这核桃咋这么特别，我感觉皮厚得能打死人。"

卖核桃的显然是个老手，他避重就轻答非所问："告诉你吧，这可是长在深山里的绿色食品，叫山核桃，没受污染，营养价值也高得很。”边说边拿起那个夹核桃的工具，只听咔嚓一声，核桃碎开了。虽然那皮儿的确不算薄，可尝尝他递给我的仁儿，真是核桃的味道，还发点甜，发点瓷，挺有嚼头。

趁我占嘴的工夫，核桃兄弟不失时机地打搅说：“买吧，我还会哄你？算便宜点，两斤要你二十五。”

尝了人家的货，不买点儿怪不好意思，便说那就来一斤吧，下来买菜，钱没带多少。为证明没说谎，我张开手让他看手里的零钱。没想到他眼疾手快，一把就拽走那张面额二十块的票子。边称核桃边吃了大亏似的说：“好了好了，看大姐你诚心，算你十块一斤，老实说，我还没这么便宜卖过呢。”

虽然有被迫消费的感觉，但我没生气，忍不住嘟囔说：“总觉得核桃皮儿有点厚，仁儿也不会太多。”

闻听此言，核桃兄弟二话没说，随手从筐里拿出两个，甩开膀子摔到地上，粉身碎骨了。没等我回过神儿，又从筐里抓起俩，五个指头一攥，再伸开手，俩核桃全部碎成八九十来瓣儿。

我看看地上，又看看他手里，彻底无话可说。再看那卖核桃的，正点着下巴颏，一副得意的样子。

提着不太满意的货色上了楼，鞋都没顾上换就跑进厨房，拿出那把专门伺候核桃的小榔头。结果，连敲七八个，都如钢铁铸就，有一个用力稍偏，竟然脱手而出，箭一样从厨房射到阳台，撞上墙又反射回客厅。最后终于砸开一个，却只见骨头不见肉。

难道那小子会变戏法儿不成？

急忙跑到阳台上往外看，卖核桃的早就溜之大吉了。

此时我恍然大悟，原来被他“随手”抓起的那些核桃，都是事先准备好的，跟筐里的根本不是一回事儿。

二十块钱的假核桃我没浪费，锥子牙签儿轮番上阵，感觉像在考古。